dear+ novel
reizoku no teiri・・・・・・

隷属の定理

沙野風結子

新書館ディアプラス文庫

隷属の定理

contents

隷属の定理……………………………………005

あとがき……………………………………254

illustration：笠井あゆみ

隷属の定理
reizoku no teiri

プロローグ

路上の水溜まりに、鈴生《すずな》りの突き出し看板が放つ光が映《うつ》りこんでいる。

それを蹴散らしながら、瀬戸佳槻《せとかずき》はスーツのジャケットを握り締めたまま全力で駆けていた。

後ろを振り返り、追いかけてくる者がいないのを確かめる。靖国《やすくに》通りに出ると、そのまま横断歩道を走り渡る。

眼鏡《めがね》のブリッジを指で押さえながらゼイゼイと息を切らして歩道を歩き——ビルのあいだにひっそりと佇《たたず》む石造りの鳥居をくぐった。灯籠《とうろう》のともる細い参道を進み、さらに紅い鳥居をひとつふたつと抜ける。

雨の新宿花園《しんじゅくはなぞの》神社に人影はなかった。

膝が砕《くだ》けたようになって、社《やしろ》へと続く階段に腰を落とす。

「っ…は…」

心臓がドカドカと打っているのは、ただ走ったせいばかりではない。

ワイシャツの開いた首元から喉に触れる。

そこには力任せに絞《し》められた感触が、なまなましくこびりついていた。

相手は今夜、二丁目のバーで初めて顔を合わせた男だった。同性愛者だけしかいない店で、ごく自然な流れでホテルに行った。そして行為の最中にプレイを逸脱《いつだつ》した力で首を絞められたのだった。

そういう、嗜虐性《しぎゃくせい》のありそうな男に性的興奮を覚えてしまう。

だからこのような目に遭《あ》うのは今夜が初めてではなかった。

むしろ、どこかで期待してすらいたのかもしれない。

壊してもらうことを。

しばらくのあいだ雨ざらしでぼんやりとしていると、正面参道のほうからひとつのビニール傘《がさ》にはいったカップルが歩いてきた。

佳槻は立ち上がるとジャケットを羽織り、抜け道のような南参道を戻って靖国通りへと出た。鞄《かばん》のなかに折《お》り畳《たた》み傘《がさ》を入れたまま高架線に向けて歩いていく。雨のひと粒《つぶ》ひと粒に自分の存在が砕かれているかのようだ。すべて砕かれて消えてしまえたら、どれほど安楽か。

西口に出て大久保《おおくぼ》方面に進んだところに自宅マンションがある。高架下へとまっすぐ歩いて行こうとした佳槻は、左に向かう信号待ちの人々が一様に、傘越しに顔を上げているのに気づいて足を止めた。

そこにある大型ビジョンに、次から次へと絵が映し出されていた。

心臓に悪いほど鮮やかな色彩で描かれた人物画のモデルは、いずれも知名度の高い女優や俳優やアイドルだ。

いま芸能界ではこの画家にポートレートアートを描いてもらうのが流行《はや》っているのだ。どうやらこれはその画家の、来月発売になる画集のCMであるらしい。

信号が青になって溜まっていた人たちが横断歩道を渡りはじめるなか、佳槻は神経が麻痺《まひ》したかのように棒立ちになっていた。

ただでさえ華のある芸能人たちが強烈な色をまとい、妖しい魅力で観る者を丸呑みにしようとしてくる。

濡れた眼鏡のレンズに攪乱《かくらん》されて、いっそう毒々しく見える画面に意識を搦《から》め捕《と》られながら、酔ったように思う。

——式見《しきみ》さんを描いてほしい……。

式見槐《えんじゅ》は、佳槻がマネージャーとして仕《つか》えている俳優だ。

彼のような人を、佳槻は知らない。

美しくて、慈悲《じひ》深くて、ひんやりとしている。

天使という概念《がいねん》を人間のかたちに落としこんだら、彼のようであるのだろう。

少なくとも佳槻は式見によって、どん詰まりの袋小路から救われた。もし救い出されなかったら、自分の魂《たましい》は完全に壊死《えし》してしまっていたに違いない。

無意識のうちに手が彷徨《さまよ》い、胸の中心に触れる。そして、そこにネクタイがないことにいまさらながらに気づいて愕然《がくぜん》とする。

ホテルから逃げ出したときに忘れてきたのだ。

あのブルーグレーのネクタイは、マネージャーになったときに式見がプレゼントしてくれたものだった。

「……っ」

激しい喪失感《そうしつかん》に、ネクタイがあるべき場所をガリガリと引《ひ》っ掻《か》く。

目から溢《あふ》れた熱っぽい水分が、頬で雨と混じった。

1

朝七時、世田谷《せたがや》にある一軒家のビルトインガレージに佳槻《かずき》は社用車を入れた。シャッターを閉じて、ガレージから直接、室内にはいる。

リビングのソファでは、男が譜面《ふめん》に視線を落としていた。

「おはようございます」と声をかけると、「ん、ああ」と唸《うな》るような声で返して、貞野弦宇《さだのげんう》が時計を見ながら立ち上がった。

秀《ひい》でた眉骨《まゆほね》と切れ長の藍色《あいいろ》がかった目が印象的な男だ。身長は見上げるほど高い。どこかネイティブ・アメリカンを思わせる容貌《ようぼう》と雰囲気だ。

貞野はチェリストだが、ポップスやロックなどあらゆる曲をアレンジしてチェロで弾《ひ》きこなすソロ奏者であり、その風貌《ふうぼう》も相まって普段はクラシックを聴かない層まで虜《とりこ》にしている。

「槐《えんじゅ》は下でシャワーを浴びてる。もうすぐ上がってくるだろう」

そう告げる男の声と表情に、隠しきれない喜悦《きえつ》が滲《にじ》む。

またいつものように、朝から式見槐と甘く爛れた行為に耽《ふけ》っていたのだろう。

貞野弦宇は式見《しきみ》槐の恋人で、ここで一緒に暮らしている。

佳槻がカウンターのスツールに腰かけると、貞野がサイフォンで淹《い》れたコーヒーを出してくれた。

「いただきます」

苦みの強いコーヒーを啜《すす》りながら、一度は殺そうとしたことがある男の淹れたコーヒーを飲んでいることに奇妙な心持ちになる。

「おはよう、瀬戸《せと》」

地下室から上がってきた式見が謡《うた》うように声をかけてきて、カウンターの向こう側にまわった。

そして貞野のカップを横取りして、コーヒーを啜る。

「まだ髪が濡れてる」

「現場につくころには乾いてるよ」

「風邪をひくぞ」

「いいね。ひいたら弦宇に手厚く看病してもらう」

馴染みきったふたりの姿を眼鏡越しに眺めながら、自分の心臓がすーっと鼓動《こどう》を弱めていくのを佳槻は感じていた。

信仰心と恋愛感情が入り混じった式見への想いは、いまも変わらない。

佳槻は半年ほど前、式見が貞野に際限なくみずからを投げ与えることに強烈な不安と嫉妬《しっと》をいだき、貞野を焼き殺そうと画策した。

あの頃はふたりを見ると全身が脈打つほど心臓が暴れたものだが、いまは逆に、心臓が動きを止めたがる。

この感覚には覚えがあった。

――もうあれは四年前か……。

当時、二十六歳の佳槻は俳優業にしがみついていた。

物心ついたころにはすでに児童劇団にはいっていて、子役をしていた。元女優だった母は熱心なステージママで、あらゆるオーディションに佳槻を引きずりまわした。佳槻は母親によく似た顔立ちをしているため、息子が芸能界で認められることはそのまま母にとって自身が認められることを意味していたのだ。

佳槻には姉がいるが、姉は父親似であったため、母の承認欲求を満たすための生贄《いけにえ》にされることはなかった。しかしそれ故《ゆえ》に母は娘には露骨《ろこつ》に無関心で、そのことで佳槻は姉から冷ややかな目で見られ、距離を置かれた。妻に辟易《へきえき》した父は、あまり家にいつかなかった。

『カズちゃんの強みは、この目ね。睫毛《まつげ》が長くて、黒目がちで潤《うる》んでいて、それでいて眦《まなじり》の涼しい感じにたまらない気品があるの。横顔もね、とても綺麗なのよ？』

褒《ほ》められているはずなのに、母の自画自賛を聞かされているような空虚《くうきょ》さだけが残った。

顔に怪我をしたらいけないと友達と遊ぶことも禁じられて児童劇団や個別レッスンに通わされ、自信がもてないままオーディションを次から次へと受けさせられた。そしてひたすら落とされつづけ、落ちるたびに母は不機嫌になり、口もきいてくれなくなるのだった。

ただもう疲れていて、母を喜ばせられない自分が情けなくて惨《みじ》めだった。オーディションに受からなければ家庭にすら居場所がなくなってしまうという強迫観念に追い詰められていた。

……だから、オーディション会場のトイレで審査員の男に個室に連れこまれたとき、「君を受からせてあげるよ」と囁かれて抵抗をやめた。九歳のころだった。

ドラマのちょっとした役だったけれども、母は狂喜した。

嫌なことを少しのあいだ我慢すれば母親が喜んでたくさん話しかけてくれる。

いけないことだと本能的にわかっていたけれども、ほかの子役が審査員の男とトイレの個室にはいるのを目にして、自分だけではないのだと安堵《あんど》した。

そして次第に、誰が自分に反応するかを見極められるようになっていった。

あくまで仕事を得るために、いっとき服従するだけのことだ——そうだったはずなのに、気が付いたときにはもう男に従わされることが性欲と紐《ひも》づけされてしまっていた。

そんな自分に嫌悪感をいだくほど、ひどく踏《ふ》み躙《にじ》ろうとする男に強く反応するようになった。

おそらく自傷行為も含んでいたのだと思う。

もともと演技の資質も華《はな》もないことは、とうにわかっていた。ただただ母の期待を裏切って居場所を失わないためだけに、俳優業にしがみついた。

そのうち精神が肉体に影響を及ぼすようになり、耳鳴りや眩暈《めまい》に悩まされるようになった。

四年ほど前、式見槐主演のドラマに参加したころにはもう限界で、自分のあちこちが腐り落ちて死にかかっていたのだろう。心臓がすーっと動きを弱めることがよくあった。

子役から芸能界にいてたくさんの芸能人を間近で見てきたが、式見槐はそのなかでも独特な光を帯びていた。

もし彼のようであったならば、母を満足させられたに違いない。

羨《うらや》ましさや嫉妬というよりは、どうにもならない哀《かな》しみに、式見を見ると胸が潰《つぶ》された。

だから式見のことを演技で必要なとき以外は徹底的《てっていてき》に視界に入れないようにしていたのだが
……ある日、現場で立っていられないほどの眩暈に襲われた。ふらついて転ぶかと思ったとき、誰かに二の腕を摑まれて肩を抱き支えられた。

焦点《しょうてん》の合わない目で間近にある相手の顔を見た。

ただ、眩《まぶ》しいと思った。

謡うように、甘みのある声がさらりと言った。

『君は裏方のほうが向いてるから、僕のマネージャーにでもなれば?』

それは決して佳槻を傷つけるための言葉ではなかった。

壊死しようとしている者に投げ与えられた天啓だった。

眩しさのなかに、赤茶色の右目と灰茶色の左目が浮かび上がる。鮮やかな目許に、ふっくらとした肉感的な唇。性別のない者のような卓越した美しさに、佳槻は息が止まりそうになるのを覚えた。

——天使だ。

最上級の地位にある熾天使《してんし》は六枚の翼をもち、その身は燃えているのだという。

彼に焼き尽くされたいと願った。

俳優をやめてマネージャーに転身することに、母は半狂乱になって反対した。けれども佳槻の心は自分でも驚くほど揺るがなかった。

そうして経歴を買われて現在の事務所に採用されると、式見は初め驚いた様子だったが、すぐに面白《おもしろ》がって総括《そうかつ》マネージャーにかけあい、佳槻を自身の現場マネージャーにしてくれた。

マネージャー業は、佳槻の几帳面《きちょうめん》な性質に合っていた。それになにより、式見槐に選りすぐりの仕事を取ってくることに、これまで感じたことのない深い充足を覚えた。それはおそらく信仰心が満たされる感覚に似ていた。

式見の名を決して汚してはいけないから、仕事を得るために枕営業をかけることはみずからに禁じた。生まれ変わることができたと思った。

——この男が現れるまでは、それで満たされていたのに……。

仕事の顔合わせの場で初めて貞野弦宇を見たとき、彼はいまのようにさっぱりと小綺麗ではなく、髪は伸び、冬眠から覚めたばかりの狂暴な熊のようだった。

実際のところ、貞野は式見を喰い殺しかねなかった。

式見は貞野にみずからを喰らわせ、そして同時に貞野を壊し尽くそうとした。

その果てに、貞野は式見によって救われ、人のかたちを取り戻した。

そして式見は地上の恋を知り、高みにいる博愛主義者であることをやめた。

いまでも式見は佳槻にとって窮地《きゅうち》から救ってくれた恩人であり、天使そのものではある。けれども式見にとっての唯一無比の相手は貞野弦宇に固定され、それによって佳槻は恋を喪《うしな》ったのだった。

ふたたび佳槻は不全感に苛《さいな》まれるようになり、店で男を漁《あさ》るようになった。

子供のころに紐づけされてしまった被虐的《ひぎゃくてき》な性的嗜好《しこう》を満たしてくれる男を選んで、その場限りの行為に溺《おぼ》れる。

おとといの晩に絞められた感触が甦《よみがえ》ってきて、佳槻はそっと首に触れた。

殺されるかもしれないとあれほど恐怖したのに、思い出すと胸の底に甘いものがどろりと流れる。

黒い液体の底を覗きこむように手にしたコーヒーカップに視線を据《す》えていると、液面がゆらりと揺れた。

「ねぇ、瀬戸」

向こう側からカウンターへと身を乗り出して、式見がじっとこちらを覗きこんでいた。

その繊細《せんさい》な指先がまた、コンとコーヒーカップの腹を爪で弾《はじ》く。

「僕は君を手離さないよ？」

そういう言葉を必要としているように見えたのだろう。そして実際、そのとおりだった。

式見の視線と言葉に胸が焼け爛れるように熱くなって、生き返ったみたいに鼓動が強く打つ。

しかし足許《あしもと》にはぽっかりと、喪失感《そうしつかん》の穴が口を開けたままだった。


表参道《おもてさんどう》にあるその美術館は、休館日の月曜であるため臨時出勤のスタッフと警備員しかおらず、静けさに満ちていた。

床から天井《てんじょう》まで嵌《は》められた窓三面にぐるりと庭園の緑が広がるカフェへと、佳槻は足を踏み入れる。約束の相手の姿はまだない。

落ち着かない気持ちで、庭園のほうを向くかたちで据《す》えられたカウンター席につく。

三面採光ではあるものの樹木のカーテンをかけられているため、木漏れ日のなかに座っているような心地になる。勾配《こうばい》天井の一部には和紙が貼られ、そこからもやわらかな光が採《と》りこまれていた。

五月の陽光に、緑が青々として見える。

「あー、すみません。お待たせしました」

軽い調子で、派手なネクタイにストライプシャツを合わせた三十代後半の男がカフェにはいってくる。その大手広告代理店のプランナーと挨拶《あいさつ》を交わして名刺交換をし、テーブル席へと移動する。

「先生はまだ館内で取材中で、もう少しかかるそうです」

「そうですか」

プランナーが手提げ袋から自社が広告を手がけている缶コーヒーをテーブルに置いて勧め、さらに鞄からポートフォリオを出して佳槻に渡した。

「先生の作品です。こんなふうに描いてもらいたいってのをピックアップしてきました」

「拝見します」

画像データ化された絵画に目を通す佳槻に、プランナーが軽口を叩く。

「このアイドルの絵、かなり盛ってもらったんですよ。盛りすぎて、ちょっと誰かわからないってネットで叩かれましたけどね。その点、あの式見槐さんがモデルなら盛る必要ゼロですね」

佳槻は微笑を浮かべて軽く頭を下げると、ファイルに収められている絵を指差した。

「このあいだ、ユニカビジョンでCMを拝見しました。あれも、そちらで手がけられたものですよね」

「ええ、ええ。日本中の大型ビジョンをハックするって企画で、反響よかったですよ。今回も仕掛けさせてもらいますよ。あの式見槐とあの乃木映爾《のぎえいじ》の、一大コラボなんですから！」

大袈裟《おおげさ》な身振りと顔芸をするプランナーに愛想笑いを浮かべていた佳槻は、ふと視線を感じてカフェの入り口のほうへと視線を向けた。

バンドカラーシャツにドロップショルダーベストを着た、背の高い男がそこに立っていた。ラフな着こなしをしているものの、その鋭角的に整った顔立ちやまとう空気には人を寄せつけないものがある。

何度か雑誌で目にしたことがあるから、それが乃木映爾だとすぐにわかった。

佳槻が慌てて立ち上がって頭を下げると、プランナーもガタリと椅子を鳴らして立ち上がり、揉《も》み手《て》をしながら乃木のほうへと小走りで駆け寄った。

「もう取材は終わられましたか？」

「ああ」

「お忙しいなか、こっちの打ち合わせにまで寄っていただいて申し訳ありませんね」

プランナーに恭《うやうや》しく促されながら乃木が目の前まで来る。

「この度《たび》はお世話になります。式見槐のマネージャーをしております瀬戸と申します」と慇懃《いんぎん》に挨拶をして名刺を渡そうとしたが、「ゴミはもち帰らないことにしている」と低くくぐもる声で言われた。

芸能関係者にも傍若無人《ぼうじゃくぶじん》な者は多くいるが、乃木から漂《ただよ》うものはそれとはまた少し種類が違っていた。精神が自家中毒を起こして、あらゆる刺激に過敏になっているような感じだ。それでいて人を人とも思わない高慢さを隠そうともしない。

——いかにもな、芸術家先生か。

乃木が佳槻の向かいの椅子に座り、プランナーは隣のテーブルに移動した。

小さなテーブルひとつの距離で対面し、佳槻は改めて乃木映爾という存在に圧迫されていた。緩《ゆる》くウェーブのかかった髪は項《うなじ》を隠す長さで後ろに流されている。おそらくもともと色素が薄いのだろう。眸《ひとみ》は淡い灰色で、光を受けた髪もシルバーアッシュを入れたような色合いだ。高い鼻梁《びりょう》や頬骨から顎《あご》にかけてのラインは、まるで彫像のそれのようで、理想的な陰影を生んでいた。

確か四十歳のはずだが、年齢も国籍も不明なように見える。

広告代理店のプランナーが自身のテーブルにノートパソコンを開いてCM案を説明しだしたが、乃木はすぐにそれを遮《さえぎ》った。

「適当に写真を見繕《みつくろ》ってくれれば描く」

あまりにも雑な姿勢に佳槻は鼻白《はなじろ》み、尋ねた。

「式見に会われないのですか？」

「こんな仕事のために会う必要があるのか？」

不機嫌な棘《とげ》のあるまなざしが、眼鏡越しに眼球に突き刺さってきた。ほとんど物理的な痛みを覚えて、佳槻は椅子をわずかに後ろに引いた。

けれども、せっかく願いが叶《かな》って乃木映爾に、見る者を丸呑みにせんばかりの強烈な色彩をまとった式見槐を描いてもらえる機会に恵まれたのだ。いつになく頑《かたく》なになってしまう。

「式見槐をじかに感じたうえで描いていただきたいのです」

「そんなことをしなくてもこの仕事に足りる絵は描ける」

「本気の絵を描いていただくことはできませんか？」

食い下がる佳槻の腕を、プランナーが慌てて摑んだ。

「どうしたんですか…っ。乃木先生はいつだってきちんとプロの仕事をしてくださいますって」

すると乃木が吐き捨てるように言った。

「ああ、そうだな。『プロ』の容易《たやす》い仕事だ」

「の、乃木先生」

プランナーが情けない顔で取りなす。

「すべて先生のお気持ちに添うように努めますので、どうか」

これでは式見にまで迷惑をかけることになりかねないとようやく我に返り、頭のなかが白くなるのを感じながら佳槻は深く頭を下げた。

「申し訳ありません。先生にポートレートアートを描いていただけることに舞い上がり、よけいな口を出してしまいました」

式見に失恋してから情緒が危うくなっている自覚はあったが、仕事の場でこのような失態を演じてしまったことに愕然とする。

項垂《うなだ》れていると、手が伸びてきて、佳槻の飲みさしの細身のコーヒー缶を握った。それを突き出される。

意図がわからずに恐る恐る視線を上げると、乃木に命じられた。

「ぜんぶ飲め」

その冷淡な声音と表情に、身体の芯がざわりとする。

それで機嫌を直してくれるというのならば、残り半分ほどのブラックコーヒーを飲み干すことなどなんでもない。

乃木の手から缶を受け取る。

眇《すが》められた灰色の眸がまばたきもせずにこちらを見詰めている。緊張に手が震えて、佳槻は両手で缶を包むように握ると、それを口許《くちもと》に運んだ。少し顎を上げて、缶を傾ける。苦い液体が口のなかにちょろちょろと流れこんでくる。

そうしながら、佳槻は乃木から視線を外せなくなっていた。

自分の強張《こわば》る手指を、缶を咥《くわ》える唇を、蠢《うごめ》く喉を、眼鏡の下で湿る睫毛を、画家の目で細部まで分解して視《み》られている。

乃木が長い中指の先で、自身の唇の膨《ふく》らみをなぞった。

「――」

間違いない。これは性的なことなのだ。

こめかみが熱を帯びていく。そのわずかな肌の色の変化をも乃木が捉《とら》えているだろうことに、さらに羞恥《しゅうち》を煽《あお》られる。

それはふたりのあいだだけで共有された、ひそかなものであった。

飲み終えた缶コーヒーをテーブルに置くと、プランナーが勢いよくＣＭプランの説明を再開した。

乃木はもう佳槻のほうはまったく見ずにプランナーとやり取りをすると、早々に打ち合わせを終了させて帰って行った。

「いやぁ、ちょっと雲行き怪しくなりましたけど、どうにかなりそうでよかったですよ」

プランナーが嫌味と本音が入り混じった言い方をして、佳槻の肩をポンポンと叩いた。

「まぁいい仕事にしましょう」

「ご迷惑をおかけしましたが、よろしくお願いいたします」

まだこめかみに熱が籠《こ》もっている。

プランナーと別れて美術館のエントランスを出て、竹壁の長いアプローチを抜ける。

空は明るいのに、雨が降っていた。鞄から濃紺の折り畳み傘を取り出して、最寄りの表参道駅に向かおうと歩きだした佳槻は、青山《あおやま》霊園の方向へと向かう乃木の後ろ姿に気づいて、十字路の交差点で足を止めた。見れば彼が向かう先の空には灰色の雨雲が深く立ちこめている。あの下は雨も酷《ひど》いに違いない。

近づいてはいけない男だ。

そうわかっているから表参道駅へと向かう横断歩道を渡ろうとしたのだが、信号機が黄色になる。走ろうとするのに、なぜか足が前に出ない。そうしているうちに赤になり、青山霊園に向かうほうの信号機に青がともる。

ほとんど自分の意思が介在しないまま、佳槻の足はそちらの横断歩道へと踏み出していた。まるでストーカーのように一定の距離を保ったまま、乃木の後ろ姿を追っていく。青山橋に差しかかるあたりで、視界が暗くなって雨脚《あまあし》が強まった。

橋のなかほどで、ふいに乃木が立ち止まった。尾《つ》けているのを気づかれたかと身構えたが、彼の意識がこちらに割《さ》かれることはなかった。

鋭角的な横顔が、アーチが連《つら》なるかたちをした橋のフェンスから雨の街並みへと向けられる。こうして同じ光景を目にしていても、画家である乃木は自分とは解像度が違うものを見ているのだろう。

そんなことを考えているうちに距離が縮まっていく。

後ろを通り過ぎれば、こちらに気づくこともなさそうだ。華のある売れっ子芸能人を見慣れている目には、自分のような者は薄い影のようにしか映らないに違いない。俳優業にしがみついていたころの苦い思いが胸をよぎる。

ついに追いついてしまう。

そのまま通り過ぎようとしたときだった。

乃木がゆっくりとこちらへと身体を返して、傘をもつ右腕を摑んできた。驚きに心臓がドッと跳ねた。

傘の位置を上げさせられて、そこに乃木がはいってくる。

「あの……」

完全に予想外のことにしどろもどろになりながら、佳槻は早口で提案した。

「傘、お貸しします。私はいいので」

近い距離から淡い灰色の眸に見下ろされる。

「恐喝《きょうかつ》されてるような顔をするな」

「そんなことは……」

とっさに否定しようとしたが、実際のところ恐喝されているような心境だった。口籠《くちごも》っているうちに、乃木が佳槻の右腕を摑んだまま歩きだす。

「青山一丁目の駅までだ」

そこまで同行せざるを得なくなる。

橋を渡りきると、左右に霊園が広がる。

雨雲に薄暗い空、鬱蒼《うっそう》と頭上に枝を伸ばす樹木、濡れる墓石、体温のない彫像のような男。車道を走る車のタイヤが濡れたアスファルトを轢《ひ》いていく。

沈黙が気まずいが、無難なことを話しかけられるような雰囲気ではなかった。

――目的は傘で、私は傘の附属品だ。

そう自分に言い聞かせながら乃木の速い歩調に合わせていたのだが、唐突に質問された。

「俺のポートレートアートをどう思う?」

「……え、あの、とても色鮮やかで、人物が美しく映えて、素晴らしいです」

「薄っぺらいな」

また機嫌を損ねてしまったと慌てる。

「目を、奪われたんです」

なんとか伝えようと、惨めだった新宿《しんじゅく》の夜のことを思い出す。

「新宿のユニカビジョンに乃木先生の絵が流れていて、疲弊《ひへい》しきっていた神経がじんわり麻痺《まひ》して――なにか、毒気に当てられたみたいになって」

言ってしまったから、貶《けな》すようなことを口走ってしまったことに気づき、佳槻は蒼褪《あおざ》める。

横目で見上げると、瞳孔《どうこう》ばかりがくっきりとした眸がこちらを見下ろしていた。

「申し訳ありません。また、よけいなことを」

目を逸《そ》らし、もう駅までは傘の附属品に徹《てっ》して、なにも言うまいと心に決める。

乃木のほうもそれ以上は話しかけてこなかった——のだが。

傘で雨を感じるように、自分を叩く視線を感じる。

缶コーヒーを飲ませられたときの感覚が甦ってきていた。こめかみにまた熱が溜まっていく。

乃木の視線の重さに、睫毛が垂れる。

右腕を摑んでいる男の手指の力が増していた。

霊園のなかを突っ切る道を抜けて、駅のほうへと曲がる。一キロほどの距離がとてつもなく長いものに感じられた。道なりの豊かな緑が途切れ、ビル群が現れて安堵する。もう少しで青山一丁目の駅だ。

焦燥感《しょうそうかん》のままに歩調が速くなる。

——この人から、早く離れないと。

男から漂う嗜虐性に、なかば酔ったようになってしまっていた。

そんな自分に嫌悪感を覚える。

式見槐から与えられた救済や赦《ゆる》しを台無しにしたくはない。

そして乃木映爾はあからさまに、すべてを台無しにさせるたぐいの男だった。

だからもう一刻も早く彼から離れたいのに、ぐいと腕を強く右に引っ張られた。突然の方向転換を強《し》いられて足がもつれ、踏みとどまれずに建物のあいだの細い路地に引っ張りこまれる。

背中をビルの壁に押しつけられた。

乱暴に、傘をもつ腕の角度を調整される。道路から目隠しされた空間が生まれた。

「乃木先生……」

懇願《こんがん》するように呼びかけたが無駄だった。

灰色の眸が光を溜めて近づいてくる。唇が触れたと思った次の瞬間にはもう、舌を一気に突き入れられていた。左手にもっていた鞄が地面に落ちる。

粘膜がぬるりと触れ合う。

毒でも含まされたみたいに舌がビリビリする。その痺《しび》れはあっという間に後頭部から項へと拡がった。自然と顎が上がり、より深く男を受け入れてしまう。

これまでのどのキスとも違っていた。あるゆる場所の丸みや感触を執拗《しつよう》に探られ、喉の深さを測られ、歯列までも読み取られていく。

乃木はもしかすると舌で視《み》たものを、頭のなかで描いているのかもしれない。自分でも把握《はあく》しきれていない内部を暴かれていることに、佳槻は強烈な羞恥を覚える。

口内のあちこちで快楽のさざなみが起こるのに、かまってもらえず、冷淡に舌が行き来する。

舌の裏側を舌先で辿《たど》られて、口のなかに唾液《だえき》が溢れた。

「ん…う…」

つらくなって喉を鳴らすと、今度は舌の輪郭《りんかく》をなぞられた。ゾクゾクする感覚に耐えかねて、舌がくねり、逃げを打つ。

すると強い舌に舌を押さえつけられた。

すぐ横の歩道を歩くヒールの音を聞きながら、舌のかたちや感触を乃木に読み取られていく。もういまや手足の先までビリビリと痺れていた。傘の柄《え》を握っている感覚も曖昧《あいまい》になる。傘を取り落としそうになると、右手に指の長い手が絡みついてきた。

傘の柄を佳槻の手ごと握りながら、乃木の舌が動きを変えた。

舌を荒々しく捏《こ》ねられて、グチュグチュと水っぽい音が頭のなかに反響する。足腰からガクンと力が抜けて、佳槻の背中が壁をずり落ちそうになる。

足のあいだに男の腿《もも》を深く入れられた。

痛いほど圧迫されて、自分が勃起《ぼっき》していることを知る。それどころか下着がぬるついていた。

もう少しだけキスが長かったら、果ててしまっていただろう。

舌と腿を同時に抜かれると、佳槻はずるずると壁に背を擦《こす》りつけてその場に尻をついた。けれども、傘をもつ右手は、乃木の左手に握られたままだった。

だらしなく半開きになった唇から唾液が溢れて顎へと伝う。斜《なな》めにズレた眼鏡の下から男を見上げる。

苛立ちと嗜虐が混ざった表情を、乃木は浮かべていた。

自分のなかの渇望《かつぼう》をずるりと引きずり出されるのを佳槻は感じる。

――壊されたい……。

子役のころからたくさんの男を知ってきたからわかる。

乃木映爾は、人間を壊すことを愉《たの》しむ男だ。

佳槻が乃木のなかに嗜虐欲を見ているように、乃木は佳槻のなかに被虐欲を見ているに違いなかった。

右手を包んでいる男の手指が蠢くだけで、そこから痺れがザァッと拡がる。

「本気で描いてほしいと言っていたな？　式見槐を」

頷くと、乃木が目を眇めた。

「今回の仕事とは別に、考えてやってもいい」

「本当、ですか？」

まさかそのような提案を乃木がしてくれるとは思ってもいなかった。膝立ちになり、動顛《どうてん》しながら食いつく。

「そのためなら、どんなことでもします」

とっさに口をついて出た言葉は、枕営業のときの決まり文句だった。

2

白い床に仰向《あおむ》けに横たわる式見槐《しきみえんじゅ》の、向かって左半分には深紅の薔薇《ばら》とその花びらが、右半分には青い薔薇とその花びらが大量に散らばっている。彼の頭上では赤と青の花びらが入り混じり、紫がかって見える。白いシャツの肩や胸元にも花びらが散っている。

式見が閉じていた瞼《まぶた》を開けると、赤茶色と灰茶色のオッドアイが現れる。彼は後ろ手をついてゆるやかに立ち上がって窓辺に行き、光と風を受けて微笑する。

そこから逆再生になり、式見が吸いこまれるように薔薇のなかに横たわる。

正面のアップになると、式見の右目は紅《あか》く、左目は青くなっている。

カメラが引くと、それはイーゼルに置かれた一枚の絵になる。

男性用スキンケアの広告というよりは、式見槐と画家・乃木映爾《のぎえいじ》のコラボを全面に打ち出した作りのＣＭだ。

しかし「絵のように美しい男」と「美しい男を閉じこめた絵」というコンセプトは大受けして、商品の売り上げは跳ね上がった。恋人にプレゼントする女性客も多いらしい。

芸能事務所のエントランスには、写真バージョンと絵画バージョンで対になったスキンケア広告のポスターが飾られている。

それらを交互に眺めていると、横から声をかけられた。

「瀬戸《せと》はこの絵、どう思う？」

式見が事務所に寄るというので、ここで彼を待っていたのだ。

「CM向きで印象的だとは思います」

微妙な不満が滲み出てしまう。

やはり本物の式見槐に触れずに描かれたポートレートアートは、世間が欲しがる式見槐を切り抜いたものでしかなかった。

「オッドアイっていうキャッチーなところを過剰《かじょう》演出してる、あざとい絵だよね。先に絵を描いてもらってそこからCMを作るっていう今回のコンセプトからすると、調理しやすくて合格」

式見が肩を竦《すく》める。

「僕としては前の乃木映爾の作風のほうが面白かったけどね」

「……前は違う作風だったのですか？」

「七年ぐらい前に個展を覗いたときは違ってた」

「そうだったんですか」

「まぁいまのほうが、世のため人のためかもね」

ひとり言のように式見が呟いた。その言葉の真意を訊《き》こうとしたとき、ジャケットのポケットでスマホが震えた。確かめると、乃木からメッセージが来ていた。

彼とは一ヶ月半前の雨の日以来、会っていないものの、週に一度ほどのメッセージのやり取りは続いていた。

あの時のことが思い出されて、こめかみが熱くなる。慌ててスマホをポケットに戻すと、式見が小首を傾《かし》げてこちらを覗きこんできた。

「プライベート?」

「ち、違います」

そう返してしまったものの、個人的に式見の絵を描いてもらうために連絡を取っているのだからプライベートの関係以外のなにものでもない。

「ふーん?」

完全に見透かしている様子で目を細めてから、式見が思い出したように言った。

「来週の京都《きょうと》ロケは現地解散だから、瀬戸は先に帰っていいよ」

「なにか用事があるのですか?」

「次の日に弦宇《げんう》が神戸《こうべ》でライブをやるから、デートしてくる」

「わかりました」

この失恋と嫉妬の痛みに、いつになったら慣れることができるのだろう。

貞野《さだの》はいまやすっかり式見の日常となっている。それなのにいちいち心が反応してしまう。

まるでやまない雨に打たれつづけているかのようだ。

——……ほしい。

生殺しは苦しいから。

——ひと思いに壊してほしい。

式見が帰ったあと、デスクに戻って部下の山之内《やまのうち》と大野《おおの》に指示を出して現場の差し入れの手配や書類仕事を片付けた。

そうして帰り支度《じたく》を終えたところで、山之内が体育会系らしい爽《さわ》やかな笑顔で訊いてきた。

「これから大野と飲みに行くんですけど、瀬戸さんもいかがですか？」

「今日はこれから用事があるので、失礼します」

断りながら、今夜はどこのバーで男を漁《あさ》ろうかと考える。あの容赦《ようしゃ》なく首を絞めてきた男がいた店にしようか……。

エレベーターホールで考えを繰りながらスマホを手に取り、インスタグラムを開く。乃木映爾の絵は眺めるだけで、苦痛をじんわりと麻痺させてくれる。順繰りにギャラリーの画像を開く指を佳槻《かずき》は止めた。

個展のポスター画像を見詰める。場所は京都だ。日付を確認すると、来週の京都ロケと個展が重なっていた。

夕方には京都でのロケが無事に終わり、式見と別れたのち、佳槻は乃木の個展会場へと足を運んだ。

明日が最終日ということもあってか、画廊《がろう》は人で溢れかえっていた。華やかな服装の女性が多い。

『僕としては前の乃木映爾の作風のほうが面白かったけどね』

式見がそんなことを言っていたのを思い出してすべての絵を見て歩いたが、展示されているのは最近のポートレートアートばかりだった。

ＣＭに使われた式見槐の絵もあり、その前には人だかりができていた。

――原画はこんなだったのか……。

画像データやポスターで見たときは、所詮《しょせん》は式見に会わずに描かれたものだと不満を覚えたが、こうしてじかに絵を見てみると、また違った思いが湧き上がってきた。

油絵の具のぽってりとした厚みや削《けず》られた流れが、なまなましい迫力を生んでいる。深紅と青の薔薇と、そこに埋まるかたちで正面から描かれた式見の夢見るような微笑を見ていると、吸いこまれそうな眩暈を覚えた。

確かにここに描かれているのは世間で求められる「あざとい式見槐」だったが、その王子様然とした魅力が最大限に引き出されていた。

しかしこれは乃木の本気の絵ではないのだ。

――もし本気で描いたらどんなふうなんだろう？

そんなことをぼんやりと考えながら人垣の後ろから大きなサイズの絵を眺めていると、視界の端に背の高い人影が映った。その人に、急に二の腕を強い力で摑まれた。

「え…」

引っ張られて、転びそうになりながら歩かされる。そのまま非常口から連れ出されて、控室《ひかえしつ》へと引きこまれた。ようやく二の腕を放される。

大量の花束が載せられたテーブルに、乃木が腰を預ける。今日はノータイながら黒いワイシャツに光沢のあるグレイのベストとスラックスというかっちりした格好で、前に会ったときとはだいぶ印象が違っていた。

鋭角的に整った顔立ちが映えて、悪徳貴族といった様子だ。

「どうして来ると言わなかった？」

眉間に不機嫌そうな皺を寄せて尋ねられる。

「式見のロケがあったので、寄らせていただきました」

取りなすように続ける。

「原画を拝見して感動しました。やはり実際に見ると迫力がまったく違いました」

「そういうのはいい」

うんざりした顔つきでぞんざいに言うと、乃木はテーブルのうえに置かれていた煙草《たばこ》の箱を手に取り、一本咥えて火を入れた。そしてスラックスのファスナーを下ろす。黒い下着の盛り上がりが現れた。

「口でしろ」

咥え煙草の不明瞭《ふめいりょう》な声で命じられる。

「……」

「絵のためなら、どんなことでもすると言ったのはお前だ」

全身に痛みにも似た痺れが拡がって、佳槻は身震いした。

簡単にそういうことをする奴《ヤツ》だと見透かされているのだ。そして実際、そのとおりだった。子供のころから役を得るために、自分を切り売りしてきた。そのことに対する罪悪感は、とうの昔に腐り落ちた。

——今回は絵のためにするだけだ。

佳槻は乃木の前に両膝をついた。膝立ちして、下着越しに乃木のペニスに唇を押しつける。上目遣いに見ると、薄灰色の眸が酷薄《こくはく》な光を浮かべていた。

背筋が寒くなるのを覚えながら、下着を押し下げて性器を露出《ろしゅつ》させる。乃木のものは常態でもかなり長さがあった。恭しく両手で掬《すく》ったそれに、佳槻は頬を擦《す》りつけた。その服従の所作は乃木の気に入ったらしい。

頬に触れる感触に張りが生まれだす。

その張りを育てるために、性器にちろちろと舌を這《は》わせていく。根元から先端へと舐《な》め、亀頭の丸みを舌で包む。先走りに舌がぬるつく。

――本当に、長い……。

まだ半勃《はんだ》ちだが、すでにもて余す長さだ。

唇を丸く開いて亀頭を頬張り、わざとしゃぶる音をたてる。幹に怒張の筋がぼこりと浮かぶのを、さする舌で感じる。口内のものがググ…と太さと長さを増していく。

これまで経験したなかで、これほどの長さは初めてだった。

「う…」

喉の深い場所に亀頭が届いて、思わず顔を引くと、後頭部に乃木の手がかかった。

「根元まで咥えてみろ」

視線を左右に揺らして無理だと告げたが、後頭部を押された。

「んん――」

すでに喉奥まで届いているのに、まだはいりきっていない。

もう一度、懇願《こんがん》するまなざしで乃木を見上げたが、しかし許してもらえなかった。

狭《せば》まっている粘膜をこじ開けられる。

「ン…ぐ…ぅ、ん」

気道まで潰《つぶ》される感覚に、身体がビクビクと跳ねる。

こちらを見下ろす男の目は異様だった。

劣情の光を湛《たた》えながらも、冷徹《れいてつ》に対象物を観察している。視覚と感触で、佳槻の内側まで透かし見ているのだ。骨格から筋肉、粘膜――被虐にわななく心の動きまでも、視られている。

蹂躙《じゅうりん》される感覚に、腰がどろりと重たくなっていく。

目の前がチカチカしだしたころ、口からペニスを引き抜かれた。

「う…ぇ」

激しく噎《む》せていると、顔にびゅるっと熱っぽい粘液をかけられた。眼鏡のレンズに白いものがねっとりと伝う。

「顔を上げろ」

命じられて、床に正座をしたまま乃木へと顔を向ける。彼はすでに性器をしまい、なにごともなかったかのように醒《さ》めた表情をしていた。

「そこまでして描いてほしいということは、式見がお前の本命なわけだ。さっきも夢中で絵を見ていたな」

もっとも隠しておきたい心の中身まで、無惨《むざん》に摑み出されて暴かれる。

「式見とこういうことをしてるのか？」

問われて、佳槻は顔を歪めた。

「……していません」

「したいのか？」

迫《せま》ったこともあったが、式見は受け入れてくれなかった。

「式見さんには恋人がいます」

考える間があってから乃木が言う。

「そういえば少し前に、マスコミがやたら書きたててたな。俳優でチェロ弾きの男が、式見の恋人だとか」

「――」

心臓が痛くなって、俯き、ジャケットの胸元をぐしゃりと握り締める。

すると乃木が床に片膝をついて顔を覗きこんできた。

「どうやっても手にはいらない男の傍《そば》にいつづけるとは、よほど自分虐《いじ》めが好きらしいな」

汚れたレンズ越しに、佳槻は乃木を見据《みす》える。

「たとえ手が届かなくても、式見さんへの想いは変わりません。あんなに美しくて優しい人はいません」

「俺の精液まみれの顔で、よく言う」

冷たく揶揄《やゆ》されて、恥辱に目許が熱くなる。

ただ嬲《なぶ》るためだけに乃木は行為を求めたのかもしれない。

「式見さんの絵を描いていただく代償《だいしょう》としてしたのです。そのつもりはないということですか？」

「描かないとは言ってない」

「描いてくださるんですか？」

「お前がそれだけの奉仕をしたら描いてやろう」

さらなる性的奉仕が必要というわけだ。たかがフェラチオであれほど苦しい思いをさせられたのだ。もしかすると本当にこの男に壊されるのかもしれない。

恐怖と——期待とが胸を流れる。

乃木が立ち上がりながら言う。

「そこの洗面台で顔を洗って、レセプションパーティーに寄っていけ」

最終日は撤収《てっしゅう》作業があるため、前日の今日にパーティーをするのだろう。乃木の服装も、観覧者たちの装いも、そのためのものだったのだ。

控室から乃木が出て行ってから、佳槻はのろりと立ち上がった。

洗面台で顔と眼鏡を洗う。

枕営業の直後は自分の顔を見ないと決めていたから、今日も洗面台の前にある鏡から目をそむけつづけた。

床の白濁《はくだく》をティッシュで拭《ふ》き取《と》ってから、佳槻は展示室へと戻った。

レセプションパーティーにはマスコミが押しかけ、乃木は退屈そうにその対応をしていた。

「あのアンニュイな感じがまたいいんだよね」

ワンピース姿の若い女性客が乃木を熱心に見詰めながら、並んで立つノースリーブのシフォンブラウスを着た女性に言う。すると相手の女性が艶《つや》やかな唇に微苦笑を浮かべた。

「遠くから見てるぶんにはいいけど」

「なにその微妙な反応?」

シフォンブラウスのショートカットの女性が友人の耳元に口を寄せる。

「だって、あの人、絵のモデル食い散らかして雑に捨てるから。私の友達の友達もやられたの」

「ええ…っ⁉」

声をあげてしまったワンピースの女性が慌てて、綺麗にネイルをほどこした指先で唇を押さえる。

その声に反応して、乃木がこちらに横目で視線を投げてきた。

遠く目が合う。

いま衆目のなかにいるあの男の性器を、自分はつい十分ほど前まで咥えていたのだ。まるでそのことまで衆人に晒しているような心地に陥《おちい》り、佳槻は足早に画廊をあとにした。そのまま京都駅に向かい、東京《とうきょう》行きの新幹線に乗る。

乃木と物理的距離があくにつれて、気持ちが収まってきたのだが。
スマホにメッセージが届く。
乃木映爾という名前を見るだけで、寒気と羞恥が痺れとなって全身に拡がった。

3

七月の爽やかに晴れた日曜日、佳槻《かずき》は菓子折りを提げて都下の緑豊かな学園都市に降り立った。ここに乃木映爾《のぎえいじ》の自宅兼アトリエがあるのだ。指定された午前十一時半にアトリエの高い鉄製の門扉の前に着く。

京都の画廊で乃木に会ったのは先週のことだ。今日呼び出されたのは、さらなる奉仕のために違いなかった。

――いまさら、なんでもないことだろう?

しかしインターホンを押そうとするのに、同極の磁力でも働いているかのように、指がボタンを押せない。

以前は当たり前のようにおこなっていた、身体を差し出して欲しいものを得る行為。それに抵抗心が芽生えているようだった。

店で男を漁《あさ》ることは平気なのに、利害関係のために身体を差し出すのだと思うと、子供のころから積み重ねてきた行為が津波のように押し寄せてきて、頭が締めつけられるように痛む。もしかするとマネージャーとして式見《しきみ》のもとで過ごすうち、枯れ果てたと思っていたまっとうな感覚が息を吹き返したのだろうか。

……そう考えると、ゾッとした。

枕営業に対する罪悪感や嫌悪感を認めてしまったら、自分はもう取り返しがつかないほど穢《けが》れきってズタズタになっていることになる。

だから決して認めるわけにはいかない。

「なんでもないことだ」

昔そうしていたように小声で自分に言い聞かせて、佳槻は感情のスイッチを切った。今度はインターホンを押すことができた。

『はいれ』

カチリと音がして門が開錠《かいじょう》される。

鬱蒼とした木々がアーチを作る道を歩いていくと、三角屋根のログハウスが現れる。

そのドアをノックするが返事はない。ノブを回すとドアが開いた。

「失礼します」

玄関の仕切りはなく、吹き抜けの広々とした空間に出る。天井にはいくつもの太い梁《はり》が通され、交叉《こうさ》している。

油絵に使われるものだろう。揮発性油《きはつせいゆ》の匂いがする。壁際には無数のキャンバスが立てかけられていて、棚には画材がぎっしり並べられている。

乃木は部屋の中央に置かれたイーゼルの前にいた。半袖《はんそで》シャツにドロップショルダーベスト、チノパン、ルームシューズという格好だ。こちらには目もくれずに言う。

「ロフトの片付けをしろ」

「え、片付け、ですか?」

鼻白んで確認すると、睨《にら》みつけられた。

「なんでもするんだろう?」

予想外の命令に肩透かしを食らったものの、乃木の要求には服従するしかない。

「そこのドアの向こうに掃除道具と洗濯機があるから適当に使え」

言うだけ言ってふたたび絵に集中する乃木に、佳槻はラックのスリッパを借りることを告げて履《は》き替《か》えると、壁添いの階段をのぼって広いロフトへと行き——絶句した。

まるでここだけ大地震に見舞われたかのようなありさまだった。

壁際の作り付けの本棚の前には、本が雪崩《なだれ》を起こして散乱していた。床で開きっぱなしのまま放置されている写真集がいくつもある。

スケッチブックを破って丸めたらしき紙があちこちに転がっている。

大きな天然木のローテーブルのうえには飲みさしのペットボトルやワインボトルが並び、食パン一斤《きん》が置かれていた。

ベッドのうえには衣類が乱雑に積まれ、寝る場所もない。代わりに、フローリングの床に枕と毛布が置かれていた。

「酷《ひど》い……」

素直な感想が口から漏れる。

もともと几帳面で綺麗好きな佳槻としては、これを目にして放置しておくことなど不可能だった。手に提げたままだった菓子折りを部屋の端に置くと、ジャケットを脱いでネクタイを外し、腕まくりをした。

大掃除を開始して、気が付いたときには夕刻になっていた。薄暗くなりはじめたログハウスに明かりが点《とも》される。

ローテーブルで取りこんだ洗濯物を畳《たた》んでいると、乃木がロフトに上がってきた。

そして視線を軽く巡《めぐ》らせながら言う。

「なかなか使えるようだな」

「……いつも、こんな状態なのですか？」

「いや、いつもはモデルたちが適当にやってる。いまはたまたま途切れさせているだけだ」

そのモデルというのはおそらく、乃木が「食い散らかして雑に捨てる」女性たちのことなのだろう。

——私もそうなるのか。

目的は式見の絵を描いてもらうことだから、終わりが見えている関係でもなんの問題もないのだが。

みぞおちのあたりが急に痛くなって掌《てのひら》で押さえたのと同時に、腹がキューと鳴った。思えば朝食にヨーグルトを食べただけだった。

するとと乃木が隣に胡坐《あぐら》をかき、テーブルの端に置いてある一斤入りの食パンの袋を手に取った。そして塊《かたまり》を適当に千切ってから、残りを佳槻の前に置いた。

「好きなだけ食べろ」

唖然《あぜん》としているうちに、乃木がそれを頬張りだす。そして口のなかが乾いたのか軽く噎せた。

「飲み物をもってきます。コーヒーでいいですか?」

「ああ」

二階の簡易キッチンに行く。ポットとインスタントコーヒーはあったから、それでふたり分のコーヒーを作ってテーブルに戻る。

大きなマグカップに注いだのだが、乃木はそれをほとんど一気に飲み干した。

佳槻は部屋の隅から菓子折りをもってくると、みずからそれを開き、箱を開けてテーブルに置いた。高級菓子が駄菓子のように乃木の口に消えていく。

そういえば、見ていた範囲では乃木はずっとキャンバスの前に張りついていて、飲食をしている様子はなかった。

飲まず食わずで作業に没頭《ぼっとう》していたのだろう。

今日は売り出し中の若手女優の絵を、写真を参考にして描いていた。乃木にとっては「仕事に足りる絵」という割り切った括《くく》りなのだろうが、その仕事ぶりはプロとしての矜持《きょうじ》があるものだった。

乃木の紺色のマグカップをふたたびコーヒーで満たして出すと、乃木がまたそれを一気飲みしてから言ってきた。

「週二でいい」

「なにがでしょうか？」

「アトリエの手伝いに決まってるだろう」

佳槻は慌てて首を横に振った。

「今日はたまたまオフだっただけで、土日もなくマネージャー業務があります。今日もこれから事務所のほうに寄らなければなりません」

「式見はお前を独占してるのか？　あれだけの売れっ子だ。他にもマネージャーがいるんだろう？」

「私がチーフで、ほかにふたりいますが」

「なら、ここに来る日はそいつらに任せろ」

「それは……」

「俺に本気で式見の絵を描かせたいんじゃなかったのか？」

「――」

乃木の仕事ぶりを目《ま》の当たりにしてなおさら、彼が本気で描く式見槐《えんじゅ》の絵をどうしても欲しいという渇望《かつぼう》は膨《ふく》らんでいた。

「今日のように一日こちらに伺《うかが》うのは無理ですが、仕事上がりにお伺いすることはできると思います。ただ、深夜になるかもしれませんし……」

「仕方ない。それでいい」

「夜は何時までならいいですか？」

「何時でもいい。時間が足りなければ泊まっていけ」

そう言いながら、乃木がまた食パンの塊を千切った。そしてそれを差し出してくる。

コーヒーだけしか胃に入れていなかったせいでまた腹が鳴ってしまい、佳槻はそれを受け取った。あまりにも空腹だったせいか、ただの食パンが妙に甘くて美味《おい》しく感じられた。

もそもそと食べていると、ふと視線を感じた。

横を見ると、乃木がテーブルに頬杖をついてこちらをじっと見詰めていた。口のなかまで透かし見られて、咀嚼《そしゃく》を覗きこまれているような心地になる。

美術館で缶コーヒーを飲ませられたときと同じ羞恥心がこみ上げてくる。

テーブルの木目を見詰めて視線を意識しないように努める。これを飲みこんだら暇《いとま》を告げようと思っていたのだが。

すべて飲みこみきらないうちに、肩を摑まれて床に押し倒された。

「んう」

口のなかにずぶりと舌を挿《い》れられて、佳槻はもがき、男を退《ど》かそうとする。けれども体重をかけて圧《お》し潰《つぶ》され、奥歯のあいだに親指を差しこまれた。

歯を閉じられず、咀嚼物を味わわれていく。意識が揺らぐほどの嫌悪感に襲われ、佳槻は乃木の頬や首元に手をかけて顔を離そうとした。しかし手指が痺れて力がはいりきらない。

——あ……。

自分の腰がくねるのを佳槻は感じる。

その腰に、乃木が下腹部をきつく押し当ててくる。陰茎同士が布越しに互いの硬さを認める。

「ふ…は…」

頭が朦朧《もうろう》として、いつしか佳槻は口に含まされている男の舌を甘く咀嚼していた。

食欲と性欲がどろりと融《と》け合《あ》い、ふたつの欲を同時に満たされているかのような奇妙な感覚に搦め捕られる。

口から舌を抜かれると咀嚼するものを求めて、物欲しげに唇がパクついた。

「飲みこめ」

乃木に命じられる。

抵抗感に涙ぐみながらふたりぶんの唾液を含んだパンを少しずつ嚥下《えんげ》していく。

「飲み、こみました。……もう、いいでしょう?」

許しを乞うように尋ねると、乃木に命じられた。

「口を開いてみせろ」

きちんと飲みこんだか確かめたいらしい。

唇を開くと、「もっと開け」と言われた。顎が痛むほど開くと、唇も舌も引《ひ》き攣《つ》れたように震えだす。

「そのままにしていろ」

大きく開けたままの口内にふたたび男の舌を落としこまれて、佳槻は嗚咽《おえつ》めいた細い声を漏らした。


仕事上がりの土曜の夕方、新宿《しんじゅく》にある画材の専門店で、指定された色の油絵の具を大量に買いこんでから、佳槻は東口にある自家焙煎を売りにしているカフェにはいった。

大きなテーブルを囲むかたちで椅子が並べられていて、その奥まったところに座っている女性が顔の高さで手を上げた。

彼女の顔を見て、佳槻は眼鏡の下で目を見開いた。知っている姉と様子が違ったのだ。

佳槻が隣の椅子に座ると――瀬戸円花《せとまどか》が華やかな作りの顔に苦笑いを浮かべた。子供のころから、姉のこの表情は見慣れている。

「久しぶりね。三年ぶりぐらい？」

「そうだね」

「酷い顔。目の下、クマ酷いよ」

「このところ忙しくて」

ただでさえ式見のマネージャーとしての仕事が詰まっているのに、乃木の世話までしているせいだ。週二回アトリエの片付けをするだけでなく、今日のように急な買い出しまで言いつけられるのだ。足許に置いた紙袋を見下ろして溜め息をつく。絵の具はこれから乃木のアトリエに届けることになっている。

「ママ譲りの美貌《びぼう》が台無しね」

アイスコーヒーの氷をストローでカラカラと回しながら円花が言う。

世間的にみて、美貌という形容は、佳槻よりも円花に当てはまる。実際のところ二歳年上の姉は、小学生のころから芸能事務所のスカウトを頻繁《ひんぱん》に受けていた。

弟が幼児のころからモデルをしていたこともあって、姉も芸能事務所にはいりたがったが、母の猛反対にあって諦《あきら》めたのだった。

円花は父親譲りのくっきりとした目鼻立ちをしている。

自分に似ていない娘が、自分に似ている息子よりも芸能界で評価されることがあってはならないと、母は考えたのだ。

「あんたがその顔じゃなかったら、うちも違ってたんだろうね」

姉がぽつりと呟く。

佳槻が中学三年、姉が高校二年のときに両親は別居した。

円花が高校のミスコンでグランプリを獲《と》ったことが、母の逆鱗《げきりん》に触れたのだ。母はカッターで娘の顔を傷つけようとし、父は娘を守る選択をした。姉は父と、佳槻は母と暮らすことになった。離婚こそしていないものの、いまだに両親は別居したままだ。二度と一緒に暮らすことはないのだろう。

その騒動のあとから姉は眼鏡をかけるようになった。

姉は容姿だけでなく頭脳にも恵まれていたため、国立大学に進んで父と同じ弁護士の道を歩むことにした。

大学生になっても社会人になっても、薄いメイクしかせず、口紅はいつもベージュだった。

佳槻は改めて姉の横顔を見る。

瞼には煌《きら》めきがあり、長い睫毛はきちんと上げられてマスカラが塗《ぬ》られている。頰にはぽうっと灯《とも》るようにチークが乗せられ、唇にはローズピンクがしっとりと輝く。

ひっつめ髪にばかりしていた髪は下ろされて、裾《すそ》がくるんと巻かれている。

「眼鏡、やめたんだ?」

そう尋ねると、姉が苦笑いを浮かべた。

「あんたは逆に、眼鏡かけるようになったね」

眼鏡をかける必要がない視力なのだが、俳優を辞めた四年前から眼鏡をかけるようになった。

そうすることで、この顔から逃《のが》れようとしたのだ。

姉がふーっとひとつ息をついて、ちょっと泣くみたいな顔をした。

「子供のころに刷《す》りこまれたものって、引きずるものだよね。三十二歳でようやくよ」

佳槻は姉のほうに身体を向けて、告げる。

「婚約、おめでとう」

今日の再会は、姉から婚約をしたというメッセージが届いたためだったのだ。

「ありがと」

姉が見たことのない、綺麗な笑みを顔中に拡げた。

おそらく姉は婚約した相手と出会い、本来の自分を受け入れ、楽しむことができるようになったのだろう。

――よかった……。

子供のころからずっと、姉に対する心苦しさがあった。

母の関心がすべて自分に向かっていること、姉がしたい芸能界の仕事をしていること、母に似た顔で生まれてしまったこと。

だからこそ、母の期待に応《こた》えなければならないと強迫観念的に思いこみ、向いてもいない芸能界で仕事を得るために自分自身を滅茶苦茶にした。

そしていよいよ限界というときに、式見によって救われたのだが。

姉と別れて中央線下りの電車に乗り、窓ガラスに映る眼鏡をかけた自分の顔を見る。

『子供のころに刷りこまれたものって、引きずるものだよね』

いくら逃げて目をそむけても、引きずっているものが自然になくなるわけではない。いまでも自分は簡単に身体を他人に投げ出して、その場しのぎをしながら一日一日をなんとか送っている。

ひそかに溜め息をついたとき、ジャケットのポケットでスマホが震えた。

山之内《やまのうち》からの電話だった。基本、連絡はメッセージでおこなっているが、わざわざ電話をかけてきたということは緊急事態の可能性が高い。電車がちょうど停まった駅でいったん降りて電話に出る。

「どうしました?」と尋ねる佳槻の言葉に被《かぶ》せて、山之内が早口でまくし立ててきた。

『大野《おおの》の奴がまたやらかしたんですっ。八月の式見さんのオフに予定を入れて、しかもそれをこっちに共有してなかったんですよ!』

「そうですか。その仕事先はどちらで、どのような内容ですか?」

動揺を押し隠してゆっくりとした口調で確認すると、山之内も引きずられたように声のトーンを下げて答えた。テレビの対談企画で、相手は大御所俳優だった。

総括マネージャーの井上《いのうえ》に一報を入れておくようにと指示を出してから、佳槻は上り線ホームの電車に乗った。乃木にもメッセージを送り、事情ができて絵の具を届ける時間が遅くなる旨《むね》を伝えた。

事務所に着くと、山之内が仁王立ちをしている前で大野が項垂《うなだ》れていた。山之内はサッカーで子供のころからトレセンメンバーに選ばれ、足の怪我がなければJリーガーになっていたというフィジカルエリートだ。二十八歳で、身長は百八十センチある。

そして大野のほうは今年入社の二十五歳。大学院ではメディア学を専攻していたという、ノリがよくて売りこみ上手《じょうず》な、平たく言えばチャラいタイプだ。身長は佳槻と変わらず、平均より少し高いぐらいだ。

ふたりとも式見槐《えんじゅ》の現場マネージャーだが、その相性は水と油だった。

「井上さんはいまから事務所に来られるそうです」

山之内からの報告に、佳槻は頷く。

「対応策を今日中に決めます。先方への連絡と謝罪は私がしますので」

蒼褪めた大野が深く頭を下げてくる。

「本当に申し訳ありません…っ。謝罪には僕もご一緒します」

山之内も大野の横に立って頭を下げた。

「すみません！　自分がこいつのトレーナーなのに、指導できてませんでした」

「反省はしっかりして、後日改めて再発防止のマニュアルを作りましょう」

「瀬戸さぁん……」

佳槻に抱きつかんばかりになる大野の肩をガシッと摑んで、山之内が言う。

「瀬戸さんは優しすぎるんですよ。こいつ、こないだもダブルブッキングしかけたじゃないですか。こういう奴にはガツガツンとやらないと効かないんですよ」

「このところ余裕がなくて、大野くんに意識が回っていなかった私の責任です」

実際のところ、この一ヶ月弱、乃木のアトリエ通いもあって睡眠不足が続き、注意散漫になっていたに違いなかった。

——……私は、いったいなにをしてるんだ。

式見に救われ、赦《ゆる》されたからこうしていられるというのに、乃木の絵が欲しいからという理由で、仕事をないがしろにしていたのだ。

冷静に考えれば、乃木の描く本気の式見の絵を手に入れたところで、失恋の苦しみや子供のころから引きずってきたものが解決するわけではない。

どちらかといえば、乃木に振りまわされて雑に扱われることで、現実逃避をしていたというのが正しいのではないか……。

頰を打たれた気分になりながら、式見に不手際の報告をし、総括マネージャーの井上と対応を話し合い、テレビ局と対談相手である大御所俳優の事務所に謝罪に行くアポイントを取りつけた。

乃木からは何時になってもいいから絵の具を届けるようにとのメッセージが来ていた。この時間帯なら車のほうが早いので、自宅マンションに寄り、車でアトリエへと向かう。着いたころには深夜一時近くになっていた。

いちいちインターホンを鳴らさないようにと渡されているカードキーで門扉を解錠《かいじょう》する。三角屋根のアトリエには煌々《こうこう》と明かりが点いていて、乃木はキャンバスに向かっていた。

「遅くなって申し訳ありませんでした」

謝罪しながら画材のはいった紙袋を差し出すと、乃木が「コーヒー。ドロドロのやつだ」と命じてきた。

一階のほうのキッチンに行き、そこで飽和《ほうわ》状態寸前のインスタントコーヒーを淹れてもっていく。

それからロフトの片付けをした。定期的に片付けているというのに、喧嘩を売っているのかと疑うような散らかりぶりだ。すっかり慣れた手順でまずは洗濯物をドラム式洗濯機に乾燥コースで放りこみ、本やゴミを片付け、ベッドメイキングをする。そうしながら、佳槻は幾度か眼鏡をずらして目許を拭《ぬぐ》った。

仕上がった洗濯物を畳み、時計を見る。そろそろ出たほうがいい時間だった。今日は朝から式見のロケに同行することになっている。月曜は朝一からテレビ局と迷惑をかけた大御所俳優の事務所への謝罪行脚《あんぎゃ》だ。

考えるだけで身体の芯がぐにゃぐにゃになるような疲労感が押し寄せてきた。

——もう、無理なんだ。

そう自分に言い聞かせて、ジャケットを羽織り、外していたネクタイをきちんと締める。

そして、夜っぴてキャンバスに張りついていた乃木のところに行き、深々と頭を下げた。

「先生、たいへんお世話になりました。こちらに伺うのは、今日で最後にします」

絵筆の動きが止まる。

血走った目で睨まれた。

「どういう意味だ？」

「絵を描いていただくのは諦めます」

乃木が椅子に座ったまま身体の正面をこちらに向け、濁《にご》った険《けわ》しい声で問う。

「どうしてだ？」

「マネージャーとしての仕事に支障が出ています。私に余裕がなく、自己管理をできていないせいです」

それは真実ではあるものの、表層的なものに過ぎないと、言いながら自覚する。

「支障とは昨日のことか？　なにがあった？」

言わずにはすませられない圧を乃木から受けて、佳槻は口早に告げた。

「式見さんが八月にまとめてオフを入れているのに、新人マネージャーがそこにスケジュールを入れてしまったのです。チェックできていなかった私のせいです。ですから、これからは仕事のほうに専念します」

もう一度、慌ただしく頭を下げると佳槻は踵《きびす》を返した。そしてなかば走る足取りで玄関へと向かったのだが、後ろから足音が追いかけてきた。腕を摑まれる。

「それでお前はどうにかなるのか？」

詰問《きつもん》が胸に深く突き刺さる。

「私のことはどうでもいいんです。これ以上、式見さんに迷惑をかけられません」

苛立った舌打ちとともに、背中を壁に押しつけられた。両の二の腕を摑まれて、磔《はりつけ》のようにされる。

逃げられない状態で、あのなにもかも見透かす視線に射貫かれる。

まるで昆虫採集のピンで留められた虫にでもなったみたいだ。

「なにかというと式見式見って、お前自身はどうしたいんだ？」

「私……は」

追い詰められて、疲弊《ひへい》した心臓が激しく痛む。その痛みがどんどん膨らんでいき、口がひとりでに動いた。

「——あなたが、壊してくれないからです」

自分の口から飛び出した言葉に愕然とする。しかし一度堰《せき》を切ってしまったものを止めることはできなかった。

「乃木先生のお世話までするようになって、男を漁りに行く時間も取れなくなりました。私は子供のころから汚れきっていて、壊してもらわないと生きていけないような、どうしようもない人間なんです」

本当は、乃木が壊してくれることを期待してここに通っていたのだ。けれども京都《きょうと》の画廊の控室でしたような行為すら、乃木はしかけてこなかった。不意打ちのキスをされることはあったけれども。

——あさましいな……。

自嘲《じちょう》に顔が歪んでいるのがわかる。表情を隠したくて俯くと、乃木が腰を屈《かが》めて、下から覗きこんできた。

解像度の高い画家の目に、もっとも醜《みにく》いところを観察される苦痛に身体が小刻みに震える。

「ここに来なくなったら、空いた時間で男を漁るのか？」

「そうです」

長い沈黙ののち、ようやく乃木が呟くように言った。

「わかった」

これで解放してもらえるかと思ったが、乃木がまたじっと見詰めてくる。

もう窒息《ちっそく》しそうで、佳槻は乃木の胸元に両手をついて押し退けた。

「失礼します」

立ち去ろうとすると、今度は後ろから両肩を摑まれた。背中に乃木の胸部がグッと密着する。

テレピン油のツンとくる匂いに混じって、乃木からくすんだ甘苦い香りが漂う。

耳元にかかる吐息に、声が混ざった。

「お前を壊せばいいんだな?」

「え……」

「来月の式見のオフのあいだ、俺のところに来い。望みどおり壊してやる」

低い濁った声を耳孔《じこう》に流しこまれて、ミシリと音がしそうなほど心臓が軋《きし》んだ。

——壊して、もらえる……。

全身に強烈な甘い痺れが拡がって、膝が笑う。

しゃがんでしまいそうになると、脚のあいだに後ろから乃木が腿を押しこんできた。その腿を、佳槻はきつく締めつけた。

＊

瀬戸佳槻が去ったあと、乃木は煙草を咥え、アトリエを出た。裏庭に行き、そこにある木造ガレージにはいる。窓がないため、まるで穴倉のように暗い。温度と湿度は自動調整してあるため空気はひんやりとしていて、油絵特有の匂いが籠もっている。

ガレージを奥へと進み、最奥《さいおう》にあるドアのなかに滑《すべ》りこむ。

ドアの横にある照明のスイッチに手をやる。

「――――」

しかし押せないまま、乃木はドアに背をつけるかたちでしゃがみこんだ。

真っ暗闇《くらやみ》のなか、煙草の先端が自分の呼吸とともに赤く光る。

『――あなたが、壊してくれないからです』

思い出すだけで背筋が粟立《あわだ》つ。

あの言葉を、自分は瀬戸佳槻に言わせたかったのだ。

美術館のカフェで出逢ったときから、乃木は瀬戸佳槻のなかに被虐の資質を見ていた。それは乃木のなかの嗜虐性を鷲摑《わしづか》みにしてきた。

だが、手は出すまいと誓《ちか》って美術館をあとにした。

それなのに瀬戸佳槻はあとを尾けてきた。橋のうえでやり過ごそうとしたが、手を伸ばしてしまった。

煙草の先端が赤々と息づく。

それがわずかでもこの部屋のなかにあるものを照らしてしまうのが恐ろしくて、乃木は両手で目をきつく覆《おお》った。

——また、俺は……。

＊

「式見さん、申し訳ありません」

佳槻は助手席でぐったりしながら謝る。

式見のロケに同行したものの、寝不足と過労により、ロケ終了と同時に立っていられない状態になったのだ。

ひとりで帰れると言ったものの式見は聞き入れてくれず、こうして式見のアストンマーチンで送られることになってしまった。

式見がハンドルを切りながら訊いてくる。

「その様子だと寝てないんだろう。昨日のトラブル処理？」

「先方には明日改めてきちんと謝罪して、式見さんにご迷惑をおかけしないようにしますので」

「瀬戸は果てしなく真面目《まじめ》だね」

微笑を浮かべる式見の横顔に見惚《みと》れながら、佳槻は胸に痛みを覚える。

「私はそうではありません……」

今朝《けさ》の乃木との約束を胸に繰る。

自分はどうしようもなく汚れただらしのない人間で、壊してくれる男を確保して安堵してい
るのだ。

式見がちらとこちらに視線を流してからゆるく瞬《まばた》きをする。

「真面目でなきゃ、そんなふうにならないんだよ」

このような式見の言葉に、これまで何度救われたかわからない。

式見は優しいと思う。けれどもその優しさは、優しさのための優しさではなく、観察と客観性から導き出されるものなのだ。だからこそ、硬化してしまっている心の襞《ひだ》にもはいりこんでくる。

「今日はうちに泊まって。このまま家に返すとろくに食事も取らなそうだから」

貞野《さだの》の顔を見たくない。

けれどももう断るだけの気力もなくて、そのまま世田谷《せたがや》の一軒家へと運ばれていった。ありがたいことに家に貞野の姿はなかった。

式見は手ずから、海老《えび》とザーサイの中華粥《がゆ》を作って振る舞ってくれた。食後にはキームンの中国茶を出された。ほんのりした花のような香りを嗅《か》いでいるうちに、身体が芯からポカポカして、上下の瞼がくっつきそうになった。

式見に腕を取られてよろよろと階段をのぼり、二階のゲストルームに連れて行かれる。ベッドに倒れこんだのとほとんど同時に意識が飛んだ。

ハッとして目を覚ましてナイトテーブルに置かれた時計を見ると、夜の十一時を過ぎていた。四時間ほど眠ったらしい。ここのところ眠りが浅くて二時間足らずで目を覚ましていたから、久々にぐっすり眠った感じがした。

ゲストルームに隣接しているサニタリールームで顔を洗って部屋を出る。

階下から人の話し声が聞こえた。式見と貞野以外にも誰かいるようだ。

一階に下りると、リビングのローテーブルを囲んでラグに座っている映画監督の村主《すぐり》と脚本家の園井《そのい》の姿があった。

優しそうな雰囲気の園井がわざわざ正座に座りなおして佳槻に頭を下げる。彼は佳槻と同世代で、貞野弦宇《げんう》の熱狂的なファンだ。

園井よりひと回り年上で凄《すご》みのある髭面《ひげづら》の村主監督は、わずかに頭を揺らして挨拶をしてきた。彼は式見槐《えんじゅ》と貞野弦宇をダブル主演にした映画を去年撮り、好評を博した。その脚本は園井によるもので、言ってみれば、ふたりは式見と貞野を結びつけた——佳槻にしてみれば元凶《きょう》のような存在だった。

ひとりだけソファに座っている式見が、隣に座るように佳槻に手招きする。

「どうして、この顔ぶれなんですか？」

座りながら尋ねると、式見がテーブルのうえに置かれていた紙束を佳槻に手渡した。

それは企画書で、八月終盤に予定されている貞野弦宇のチェロのソロコンサートツアーの密着ドキュメントを撮《と》るという内容だった。

式見はこのツアーに同伴するために、十日間のオフを確保したのだ。

村主が園井の頭を小突きながら言う。

「こいつがどんな手段を使ってでもチケットを確保するって息巻いてたから、どうせなら仕事噛ませて関係者チケットをせしめることにしたんだ」

「そんなことをしなくてもチケットは用意した」と貞野がぶっきらぼうに言うと、村主がまた園井の頭を小突こうとして、今度は避けられた。

「でもこいつ初めっから、全国七ヶ所ぜんぶついて回るってストーカー丸出しだったんだぞ」

「それもわかってる。ツアー皆勤賞は昔からだった」

貞野が当たり前のように返し、園井は自分の想いが伝わっていることに感動して涙ぐむ。

その様子を眺めながら、自分の式見に対する想いに比べて、園井の貞野に対する想いは純粋《じゅんすい》で清らかだと感じる。

「いい企画ですね。楽しんできてください」

企画書をテーブルに戻しながらそう言うと、式見が小首を傾《かし》げて訊いてきた。

「瀬戸は行かないの？」

「いえ、私は業務がありますので」

「僕に同行するなら仕事ってことでいいんじゃないかな？」

「そういうわけにはいきません。……東京を離れられない用事もありますし」

すると式見が目を細めた。

「最近、スマホを嬉しそうにチェックしてるけど、その相手？」

「違います」と被り気味に答えてしまい、肯定《こうてい》したも同然になる。

村主が園井の背中を叩きながら言う。

「お前も瀬戸さんを見習え。脚本の肥《こや》しになるぞ」

「人のこと言えるんですか？」

園井に言い返されて、村主が苦い顔をする。

「俺が女受け悪いのは知ってんだろ」

「せめてその髭をどうにかしては？」

「髭を剃《そ》りゃあ男前になるなんて、マンガみたいなオチはねぇぞ」

すると貞野がふいに、その藍色がかった眸で佳槻を見た。

「マンガオチなら瀬戸だろう」

園井が首をひねる。

「眼鏡を外したら美人ってオチですか？　でも瀬戸さんは眼鏡を外さなくても綺麗な顔して

るってわかりますけど。横顔とか特にこう」

一同に見詰められて、佳槻は苦笑を浮かべる。

「やめてください。どうでもいい顔ですから」

隣の式見がそっと背中に手を当ててきた。

彼は佳槻が眼鏡をかけていなかったころを知っている。そしておそらくその観察眼でもって、佳槻が顔にコンプレックス――美醜《びしゅう》という意味ではなく――をもっていることを察しているに違いなかった。

式見が貞野をからかう。

「ふーん。弦宇はそんな目で瀬戸のことを見てたんだ？」

「そういうことじゃない」と真顔で返す貞野に、場の重心が移る。そこからはツアー密着ドキュメントの打ち合わせになり、佳槻は肩の力を抜いた。

式見が、佳槻にしか聞こえない小声で言ってくる。

「近いうちにお相手を僕に紹介して。確かめるから」

式見は人の本質を見抜く目をもっている。

だから決して、乃木がその相手だと知られてはならない。

乃木に式見の絵を描いてもらうには、ふたりをじかに合わせる必要があるが、その際にも乃木との関係は厳重《げんじゅう》に隠す必要がある。

「もし続いたら、紹介します」

果たして、自分が乃木に壊されるのと、乃木に式見の絵を描いてもらえるのと、どちらが早いのかわからないけれども。

4

貞野弦宇《さだのげんう》の全国七ヶ所でのライブコンサートツアーが始まった。

予定どおり式見《しきみ》は十日間のオフにはいり、佳槻《かずき》は金曜の仕事が上がると、自宅に寄って小型スーツケースに衣類や洗面用具などを詰めた。これから十日のあいだ乃木《のぎ》のところに泊まることになる。来週の平日は溜めてしまった仕事もあるため通常どおり出社するが、朝の通勤途中にいったん自宅に寄って身支度をすればいい。

『望みどおり壊してやる』

甘苦い香りと濁った囁き声を思い出すだけで、下半身から力が抜けそうになる。

しかし、あの約束から半月以上たつものの、ふたりのあいだに特に変化はなかった。むしろ以前にも増して乃木は仕事に没頭し、佳槻を眼中にすら入れていないようだった。

もしかすると都合よく家政婦扱いするための方便だったのではないかと疑いかけていたのだが、おととい定期の通いでアトリエに行ったとき、八月終わりの十日間を乃木のところで過ごすようにと言い渡されたのだった。

ウエストアウトした白い七分袖シャツに黒いチノパンという格好で、スーツケースを転がしながら新宿《しんじゅく》駅へと向かう。八月の夜らしい、だるい熱気が漂っていた。

電車に乗りこみ、ドア横に佇《たたず》む。心臓の動きがおかしいのは、怖さと期待のせいだろう。

二十一時にアトリエに着くと、乃木は珍しくキャンバスに向かっていなかった。

いつもとは少し雰囲気が違う黒いバンドカラーシャツにグレーのスラックスという姿で、わざわざログハウスの玄関口で出迎えてくれさえした。

「お世話になります」と頭を下げると、急に項《うなじ》を摑まれてキスをされた。一瞬だけ舌がはいりこんできて、舌に触れた。

唇が離れて、薄灰色の眸《ひとみ》に見詰められる。

「待っていた」

そんな言葉をかけられたのは初めてで、心臓がさらに動きをおかしくした。

「あの……、今日はお仕事のほうは？」

「これから十日は仕事は最低限しかしない。そのために前倒しで進めた」

ここのところ乃木は仕事を精力的にこなしている様子だったが、それは佳槻のために充分な時間を確保するためだったらしい。

甘さと冷たさの入り混じった痺れが胸に拡がる。

――この人に、壊されるんだ。

そのための十日間だ。

スーツケースをロフトに運んで一階に下りると、乃木がイーゼルにスケッチブックを置きながら言ってきた。

「そこにある椅子に座れ」

見れば、丸い台のうえに椅子が置かれている。

「私を描くんですか？」

「まずは瀬戸《せと》佳槻という人間を把握《はあく》する」

壊すためには、その対象の特性を知る必要があり、乃木にとってそれが描くということなのだろう。

台にのぼって椅子に座る。椅子は乃木に斜《なな》め四十五度を向ける角度で置かれていた。前方に視線を向けると、大きな北窓に明るい室内の様子が映りこんでいた。

乃木が紙に鉛筆を走らせながら言ってきた。

「表情は作らなくていい」

言われて、被写体としての微笑を作っていることに気づく。

「すみません。昔のクセで」

「昔のクセ？」

「……俳優をしていたころの」

「俳優をしてたのか？　いつ頃のことだ？」

「四年ほど前まで。向いてなくて、マネージャーに転身しました」

「マネージャーは向いてるようだな」

「そうですね。前みたいに酷い耳鳴りや眩暈《めまい》に悩まされることはなくなりました」

言葉のやり取りが、鉛筆が線を引く音に乗る。

「いつから店で男を引っかけるようになったんだ？」

防衛本能が働きかけたが、壊されるためにここに来たのだと思いなおす。

「半年ぐらい前からです」

「きっかけは？」

「……式見さんに、失恋をして」

それまでなめらかに続いていた鉛筆の音が一瞬、止まった。そしてまたすぐにシャッシャッという音が返ってくる。

「俳優は何歳からしてたんだ？」

「物心ついたころには、子役をしていました」

「向いてないというわりにずいぶん長くやってたんだな」

喉が詰まったようになる。鉛筆の音が続いていく。乾いた唇を湿して答えた。

「母の、ためだったので」

また鉛筆の音が止まった。今度はずいぶん長く止まっていて、佳槻は顔の角度は変えないまま乃木のほうを見た。

視線がぶつかると、なぜか彼らしくなくスケッチブックへと目を伏せた。

「母親が芸能界入りを望んだわけか」

「はい。母も昔はそういう仕事をしていたので、子供に夢を継いでもらいたかったんでしょう」

「身勝手だな」

「自分が叶《かな》えられなかった夢を子供に託《たく》す親は、多くいると思います。それで成功することもあります」

とっさに庇《かば》うようなことを口にしてしまう。

「そうやって自分に言い聞かせて俳優をしていたのか」

乃木の視線が痛い。

「母親に対して怒ったことはあるのか?」

「……それは無理です」

俳優をやめると報告したときの母の半狂乱ぶりを思い出して、佳槻は顔を強張《こわば》らせた。

「母を喜ばせようとして、でも結果的にいつも失望させていました」

「どういう意味だ?」

「オーディションで無理をして大きな役を手に入れても、それをこなせるだけの華も実力もなくて、母を怒らせていました」

「でもオーディションで採用されたなら、こなせるだけの力はあったんだろう?」

「……」

呼吸の仕方がわからなくなりそうな感覚に襲われる。

自分がいま、酷い顔をしているのがわかった。

言葉にしなくても、その表情の意味を乃木は正しく解き明かした。

「ああ、枕か」

痛みが全身を覆った。

かつて式見にだけは打ち明けたことがあったが、それは恋の陶酔《とうすい》からの暴露《ばくろ》だった。

しかし、いま感じているものはまったく違う。

鉛筆の一線ごとに、皮膚《ひふ》に鑢《やすり》をかけられているかのようだ。

会話が途切れ、鉛筆の音だけが続いたのち、乃木がスケッチブックのページをめくった。そしてサイドテーブルに置かれていたリモコンを手にした。

「台が回るから気をつけろ」

言われたのと同時に椅子が載せられている台がゆっくりと回転しだす。乃木に正面を向けるかたちで止まった。

「眼鏡を外せ」

言われて眼鏡を外し、つるを畳んで下げた両手でもつ。

また乃木が鉛筆を動かしだす。

「伊達《だて》眼鏡は、その顔を隠したいからか？」

レンズで顔の輪郭がずれないから度がはいっていないとわかっていたのだろう。

「……そうです」

もしこの顔でなかったら、母も諦めがついたのではないだろうか。この顔のせいで、母も自分も苦しんできたのだ。

乃木はもうよけいな会話はせずに、ときどき台を回したり、椅子から立たせたり、台に直接座らせたりして、佳槻のことを紙のうえに再構築していった。

けれども佳槻は、架空の対話が続いているかのような錯覚《さっかく》に陥っていた。思い出したくないことまで、自分のなかに詰めこまれてきたものを注視してしまう。

実際これは、言語をもちいないある種のコミュニケーションなのかもしれなかった。

三時間ほどたって台から下りていいと言われたときには酷く疲れていて、立ち上がったときによろけた。

三十センチほどの台から下りるのに、乃木が腰を支えて下ろしてくれる。

なかば抱き締められるようなかたちで彼に体重を預けながら、これまでもモデルたちにこのようにしてきたのだろうと頭の隅でぼんやりと思った。

乃木に促されて一階のバスルームを使う。湯船に浸《つ》かってから着替えがスーツケースのなかにあるのを思い出したが、風呂上がり、サニタリールームに置かれた竹籠《たけかご》に紺色の浴衣《ゆかた》がは

いっていた。

入浴前にはこの竹籠も浴衣も見かけなかったから、乃木が用意したのだろう。着ていた服は下着まで片付けられてしまっていた。

浴衣を着てサニタリールームを出ると、乃木が椅子に長い脚を組んで座ってスケッチブックに写された佳槻を凝視していた。

「上がりました」と声をかけると、乃木がこちらを見ずに「うえで寝ていろ」と言ってきた。

階段をのぼりながら、佳槻はいまさらながらに不安を覚えていた。

スケッチしてみて、十日もかけて壊すだけの価値がない相手だと判断されてしまったのではないだろうか。乃木はそれこそ、芸能界を駆け上がれるような華のある人たちを日々、描いているのだ。

それに比べて自分は、ずいぶんと見劣《みおと》りのする存在に違いなかった。子供のころから芸能界にいたからこそ、自分の立ち位置は骨身に染みてわかっている。

歓心を買うためにいまからでも奉仕をするべきではないのか。

そう思うものの、広いベッドにいったん横になったら、もうとても身体を起こせなくなって、佳槻はそのまま吸いこまれるように眠りに落ちていった。

腿の内側がゾクゾクする。眠くて目がうまく開かない。薄目であたりを見回し、自分が乃木のアトリエにいることを思い出す。勾配《こうばい》天井の天窓に、ほのかな月明かりが四角く宿っている。

「ん…」

朦朧《もうろう》としたまま、横倒しの身体がヒクンとした。毛布の下で浴衣の裾《すそ》は捲《まく》り上《あ》げられて臀部《でんぶ》が剝《む》き出《だ》しになっていた。尻をもち上げるように捏《こ》ねられている。そして——。

「あ…」

腿の付け根を後ろから長々としたもので貫通されていることに気づく。緩急《かんきゅう》をつけて、背後の男が腰を振る。

——奉仕を、しないと……。

ほとんど無意識のうちに、佳槻は脚をクロスさせて腿を寄せた。ペニスをきつく挟《はさ》みながら、両手を脚の狭間《はざま》から出ている男のものへと伸ばす。動きを妨《さまた》げないようにしつつ、指先で濡れそぼっている亀頭を刺激していく。

そうして乃木を悦《よろこ》ばせようとしたのだが、しかし耳元で舌打ちされた。

「作業ですませようとするな」

手慣れた奉仕で、かえって不快にさせてしまったらしい。慌てて取りなそうとしたが、その暇もなく、背後から体重をかけられた。うつ伏せにされて圧《の》しかかられる。手を使えないように、両手首をそれぞれ摑まれてシーツに押さえつけられた。

また乃木が腰を遣《つか》いだす。

一方的なようでいて、しかしそれはただ快楽を得るための道具として佳槻を使っているのとは違っていた。会陰部《えいんぶ》を硬くて熱いもので捏ねられて、ペニスをシーツに擦《こす》りつけられ、自然と呼吸が乱れていく。

亀頭で後孔《こうこう》をくじられて、自然と腰が上がる。

もういっそ犯してほしくて首を捻《ね》じって横目で乃木を見返ったが、もらえたものは唇へのキスだった。唇の表面が触れるだけでは足りずに舌を差し出すと、乃木も舌を露《あら》わにした。舌先を舐めあいながら、もち上げるように脚の狭間をゴリゴリと擦られていく。

あの三時間のデッサンはたぶん前戯《ぜんぎ》のようなものだったのだと佳槻は思う。前戯といっても撫《な》でまわすのではなく、精神に鑢《やすり》をかけられるような行為だったが——それで自分は確かに、被虐的な欲望を刺激されつづけていた。

仕事のために男に奉仕したときも店で男を漁ってホテルに行ったときも射精にまで至らないことがほとんどだったのに、充分に下拵《したごしら》えされたせいだろう。切羽《せっぱ》詰まった快楽がせり上がってきていた。

震える舌に乃木が嚙みついてくる。

強く嚙まれて、佳槻は腰をわななかせた。どろりとした熱いものが、陰茎を根元から先端まで貫き、溢れる。まだピュクピュクと白濁を漏らしている身体を仰向けに返された。

乃木は黒いTシャツにスウェットパンツという格好で、下腹部を露出《ろしゅつ》していた。

今度は正面から両手首をシーツに押さえつけられる。

果てたばかりでヒクついている性器に、硬直したペニスを擦りつけられて、佳槻の腰は反射的によじれて逃げを打つ。

「嫌です……イったばかりで」

頼むのに、下腹部を重ねられた。

「や――」

過敏になっている場所を無理やり刺激されて、佳槻は唇を噛み締める。

視線を下げると、緩みかけた自分のものが長く猛々しいものに小突きまわされていた。視覚と触覚の刺激に全身がビクビクと跳ねる。

乃木の呼吸が荒くなっていることに気づいて目を上げる。

「――」

いたぶる悦びを噛み締める男の顔があった。

薄灰色の眸が潤《うる》んで銀色の光を帯びているように見える。乃木の腰の動きが激しくなる。まるで疾走《しっそう》する四足獣の下に巻きこまれているかのようだ。

その動きがふいに止まり、乃木がみずからのペニスを握った。

自分の性器に白濁をぶつけられていくのを佳槻は瞬きもせずに見る。

射精が終わると、乃木はみずからのものを佳槻の浴衣で拭って下着とスウェットパンツを引き上げた。

佳槻は裾《すそ》を掻《か》き合《あ》わせて、ドロドロになっている下腹部を綺麗にするためにトイレに行こうとベッドを下りようとしたが、胴に腕を回されて留められた。横倒しになるかたちでベッドに引き戻されたうえ、乃木に背後からきつく抱きつかれる。

「拭《ふ》かせてください……」

小声で訴《うった》えたが、「そのまま寝ろ」と返された。

乃木がほどなくして寝息をたてはじめる。しかし腕の力は緩まず、ベッドから出ることはできなかった。

粘液で性器をコーティングされて妖《あや》しい疼《うず》きにまとわりつかれたまま、佳槻は諦念《ていねん》に目を閉じた。


土曜の午前中、佳槻はアトリエの片付けをし、そのあいだ乃木はスケッチブックに描いた佳槻のデッサンを睨みながら、白いキャンバスに向かっていた。何度かパレットとペインティングナイフを手にしたものの絵の具を練るばかりで、結局キャンバスに色が載せられることはなかった。

自分では描く気にさせられないのだと思うと、心に嫌な靄《もや》がかかった。

昼前に近くのスーパーに買い出しに行き、パスタとサラダを作って乃木に振る舞った。アトリエのキッチンには調理器具も調味料も一式揃《そろ》っていた。乃木がそれらを使っているのを見たことはないから、買い揃えたのはここに通っていた「モデル」なのだろう。

そしていま、佳槻は昨夜と同じように丸い台のうえに置かれた椅子に座っている。

違うのは、衣類を身に着けていないことだった。全裸に眼鏡だけかけて、斜め四十五度の姿を乃木に晒《さら》しているのだ。

北窓からの採光で、アトリエは間接照明にも似たまろやかな光に満ちていた。

自然光のなか全裸でいるのは、落ち着かなくて恥ずかしい。背筋や肩、腹部、手足までも緊張に強張っている。その緊張ごと見詰められ、描き留められていく。

昨夜は服に護《まも》られていたせいか内観に意識が向いていたが、いまは身体中にそそがれる視線の刺激でいっぱいいっぱいになっていた。

それから逃れたくて、佳槻は前方にある北窓へと意識を向ける。

窓からは裏庭が見える。建物の影になっているため、風にそよぐ木々の緑はやわらかな色合いで涼しげだ。その緑の向こうに小屋らしきものが垣間見《かいまみ》えていた。

静けさが耐えがたくなり、佳槻は乾いた唇を湿して乃木に尋ねた。

「どうして南側の窓はいつもブラインドを下ろしてあるのですか？」

乃木が鉛筆を動かしながら答える。

「そのほうが正確に色が見えるからだ」

「そうなんですか」

「花も薄曇《うすぐも》りのほうが綺麗に色が見える」

モデルの仕事をしたときにカメラマンが、花は雨や曇りの日のほうが艶《あで》やかに撮れると言っていたことを思い出す。

「不思議ですね。明るいほうがはっきりと見えそうなものなのに」

「光は強すぎると、繊細《せんさい》な色を飛ばしてしまう」

会話をしたことで少し気が紛《まぎ》れて緊張がやわらいでくる。口もなめらかに動くようになってきた。

「でも乃木先生の絵は鮮やかな色合いですよね」

視覚に対する暴力のような、殴りつけてくるような色の絵を思い浮かべる。惨めでたまらない雨の夜、それに心を麻痺させてもらったのだ。

「式見さんを描いた絵も、赤と青のコントラストが凄《すご》くて見惚《みと》れました」

鉛筆の音が止まり、スケッチブックがめくられた。そして佳槻の乗っている台が回りだし、乃木に正面を向けるかたちで止まった。しどけなく膝を開いていたから、性器を乃木に晒してしまっていた。

いくら昨夜、性的なことをしたとはいえ羞恥を覚えて、佳槻は腿を寄せた。

「脚を閉じるな。自然にしていろ」

「——」

脚を開こうとするけれども、左右の脚が逆の磁力を帯びているかのようにぴったりとくっついてしまっていた。両腿を摑んで、無理やり剝《は》がす。ふたたび脚を開いたものの、膝がみっともなく震えた。

乃木にじっと見詰められ、描かれていく。

頰に火照《ほて》りを覚えながら俯き、ともすれば閉じてしまいそうになる腿を手で押さえつづける。

乃木のほうを窺うと、その視線は下腹部へとそそがれていた。

……そこを彼の精液でコーティングされたまま一夜を明かしたのだ。妖しい疼きがゾワゾワと腰を這いまわる。特有の感覚を覚えて慌てて視線を下げ、佳槻は眉を歪めた。

陰茎が膨らみかけて、切っ先をわずかに上げてしまっていた。性的な場面ではないのに反応してしまったことに惑乱し、身体を落ち着けようと意識すればするほど焦燥感《しょうそうかん》がさらなる昂《たか》ぶりに繫《つな》がってしまう。

包皮が次第に下がっていき、紅《あか》い丸みが完全に露出した。その先端の切れこみが、ちょうど乃木の顔へと向けられる。

躊躇《ためら》いもなく鉛筆が動かされていく。

心臓がドクドクして、佳槻は腿に指先を食いこませた。

――いけない……いけない、のに……。

乃木に見られるたびに針《はり》で亀頭をつつかれているかのような刺激を感じて、亀頭の先端がぬるついていく。

「あ」

ついに透明な蜜《みつ》が糸を縒《よ》りながら垂れた。

弱い声で伝えるのに、乃木がスケッチブックのページをまた新たにした。

「乃木先生……休憩《きゅうけい》を」

「左膝を立てて、手で抱《かか》えてみろ」

新たなポージングを要求されて、佳槻はそれに従う。

「右脚を外側に開け。そう、それでいい」

顔がどんどん熱くなって、佳槻は左膝に額をつけて顔を伏せた。自分の下腹部が視界にはいる。性器はさらに角度をつけて先走りを伝わせていた。……淫《みだ》らな写真を撮られるよりも、乃木に濃《こま》やかに観察されてその手で描き写されるほうが、何倍も恥ずかしい。

自分のこの姿が、乃木のなかを目から脳へ、そして手指へと通過しているのだ。

まるで彼に取りこまれて消化されているかのようで。

捕食されていると思うと被虐心を煽《あお》られて、ペニスがわななないた。

描き終えたのか、乃木が椅子から立ち上がった。こちらに歩いてきて、台を見下ろす。

「水溜まりができているな」

まるで粗相を指摘されたような心地になりながら、佳槻は鼻先へと落ちた眼鏡の、うえの隙間から乃木を見上げた。

彼の眸は昨夜と同じように銀色がかって見えた。

「腰を前に出してみろ」

「……」

左膝をかかえたまま、背凭《せもた》れに丸めた背をつけるかたちで腰を前にずらす。

乃木が台に膝をついた。

あられもなく晒している性器や脚の狭間を間近から覗きこまれる。緊張のあまり臀部に力が籠もると、乃木の左手が伸びてきて、閉じようとする狭間を指で開いた。

露わにされた後孔《こうこう》がキュッと口をつぐむ。

そこに右手の中指の先を宛《あて》がわれた。蕾《つぼみ》をほぐすかのようなやわやわとした指の動きに、佳槻の上体はよじれ、呼吸が乱れる。反《そ》り返《かえ》ったものが新たな蜜を漏らしながらくねった。異様に過敏になってしまっていることに戸惑いつつも耐えていると、乃木が手を退《ひ》いた。そして立ち上がりながら「そのままでいろ」と命じる。

こんな姿を描かれるのかとつらい気持ちになったが、しかし乃木はイーゼルの前には戻らず、画材が並べられている壁際の棚へと行った。そして画箱を手に戻ってくる。

佳槻の椅子の足許にそれが置かれて開かれたが、角度のせいで箱の中身は見えない。見えないところで乃木がなにかを用意して、ふたたび佳槻の脚のあいだを開いた。そこにぬるつく滑《なめ》らかなものが押し当てられる。とっさに襞《ひだ》を閉じようとしたが、それはぐうっと粘膜へとはいってきた。人の指二本ぶんぐらいの直径の、いびつな珠状《たまじょう》のものだ。それは連《つら》なっているらしく、また次の珠が襞を拡げた。

「な…ん、ですか？」

俯いてなんとか覗きこもうとしながら尋ねると、乃木が手にしているものをもち上げた。

それは大玉のバロックパールを連ねたネックレスのようだったが、端の金具はない。淫靡《いんび》な輝きを帯びているのはジェルを塗《ぬ》ってあるせいだろう。

親指ぐらいの長さのあるいびつな真珠を、またひとつ体内に押しこまれる。

「ぁ…」

何個めかの真珠を呑みこまされたとき、佳槻の腹部が波打った。快楽が生じるところにちょうど当たったのだ。

すると乃木がネックレスから手を離した。

後孔で咥えるかたちで、真珠の連なりが宙に垂れる。

「抜いて、ください」

頼むのに、乃木は椅子に戻って、スケッチを再開した。

無理な体勢のせいでもう顔を隠すこともできず、佳槻は斜めにずれた眼鏡越しに朦朧《もうろう》と乃木を見詰める。

恥ずかしさと快楽と情けなさが入り混じり、頬が罅割《ひびわ》れそうなほど熱い。

勝手に締まる内壁に、いくつものいびつな真珠が食いこむ。

「う…、ふ……は……」

呼吸に声が混ざってしまう。

異物を排除しようとして、体内で蠕動《ぜんどう》が起こる。尻尾のように垂れている真珠が揺れる。

襞がヒクつくのを懸命にこらえようとしたけれども。

「あ……」

真珠に襞を押し拡げられる感触に、佳槻は足先を突っ張らせた。

つぷんとひと粒出したところで身体に力がはいらなくなり、佳槻はずるりと椅子から落ちた。

尻餅《しりもち》をついて、体内に含んでいる真珠を締めつける。

「く…ぅん」

「こらえ性《しょう》がない」

呆れたように呟いて、乃木が台の前に来た。

佳槻の紅潮しきっている顔をじっと見詰めながら、もう外れかかっている眼鏡を取り去り、台のうえに放り投げた。

「正座をして、後ろ手をついてみろ」

ぎこちない動きでその姿勢を取ると、正座の膝を開かされた。真珠の連なりを含んでいる襞を間近から覗きこまれて息が詰まる。乃木がその連なりに指を絡めた。軽く引っ張られると後孔が抗《あらが》って閉じる。

ツンツンと試すように引っ張られたあと、強く引かれた。

「ああ…っ――あ、う」

いびつな真珠がひとつ抜けるごとに衝撃が走る。

「待って、くださ――…っ」

自分の腫《は》れきった茎が先走りを飛ばすのを佳槻は見る。

片手だけで後ろ手をついて、もう片方の手を脚のあいだにやる。そうしてさらに抜かれようとしている珠を押さえた。

「嫌なのか?」

銀色に光る目に見据えられて、悪寒にも似たゾクゾクするものが身体中を走りまわる。

「いや……」

唇が震える。

「では、ない、です」

乃木が口角を上げて、薄く舌なめずりをした。

「あとふたつだ。いいな?」

頷きながら、佳槻は切なく眉根を寄せた。ふたたび両手で後ろ手をつき、衝撃に耐えるために正座の踵《かかと》を曲げて足の指で床を摑む。

真珠を引っ張られて腹部が震える。

「つう」

珠が抜ける瞬間、性器までビリビリと痺れた。胸と肩で息をしながら乃木を見詰める。

最後のひと粒の攻防に、強張った腿の内側にさざなみが走り、茎がつらそうにくねる。

縦長の歪んだ真珠が襞をこじ開けた。

「あ――あ……」

頭の奥が白く明滅《めいめつ》する。白濁を噴きながら、佳槻は最後の珠を排出した。

後ろ手をついている腕から力が抜けて、崩れた正座をしたまま上体が後ろに倒れた。

仰向けに倒れて、三角屋根の高い勾配天井を見る。視界がチカチカしているなかに、乃木の顔が現れた。

じっとこちらを見下ろしたのち、いったん視界から消える。戻ってきた彼はスケッチブックと鉛筆を手にしていた。台の前に立って、佳槻を描き写していく。素早く全身を描いてから、佳槻の腰を跨《また》ぐかたちで膝をつき、今度は顔だけに視線を浴びせかける。

なにも考えられない状態で解体されて乃木に取りこまれていく感覚に、佳槻は薄っすらと微《ほほ》笑《え》んだ。

「…、っ」

ふいに乃木が呼吸を乱した。スケッチブックと鉛筆を叩きつけるように台上に置く。

そして彼は台から下りると、佳槻の腰を両手で摑んだ。身体をずるりと乃木のほうへと引きずられる。

脚が台から落ち、その脚のあいだに乃木がはいりこみ、床に膝立ちする。長い指がスラックスのベルトを外して前を開けるのを佳槻は見る。

下げられた下着から突き出したペニスは、長さのせいもあって刀を連想させた。……本能的な恐怖がこみ上げてきて、無意識のうちに佳槻の身体はずり上がって逃げようとする。腰を摑まれて引き戻された。膝裏に手を入れられて股《また》を開かされる。真珠を食べていた場所に、グッと圧迫感が起こる。

反射的に閉じようとする襞はしかしジェルでたっぷり濡れていて、男に押されるままに開いた。

「あぁ……あ、っ」

大きく張った先端がずぶりと侵入してくる。そのまま乱暴に奥へ奥へと捻《ね》じこまれる。

佳槻は半開きの唇をわななかせて自分の腹部を見た。

これまではいられたことがない深い場所へと、乃木が届こうとしていた。

「待――そんなに」

止《と》まらせようとして男の下腹を両手で押したが、無駄な抗いだった。

知らないところまで容赦《ようしゃ》なく押し拡げられていく感覚に、脳が警告に明滅《めいめつ》しだす。

「ダメ、です……無理……んっ――、う…ぅ」

脳だけでなく、身体全体が明滅しているような錯覚《さっかく》に佳槻は陥る。

「ぜんぶは無理か」

乃木が苦い声で言いながらスケッチブックをふたたび手に取った。

そうして男を嵌《は》められている佳槻の姿を描きだす。

ただ深々と挿入《そうにゅう》しているだけで、乃木は性的な動きをまったくしない。しかしもしかすると描くことこそが彼にとっての性的な動きであるのかもしれない。体内のペニスが興奮にわななき、しきりに身をくねらせる。

「あ…ふ…」

深すぎる場所を犯されながら、あられもない姿を描かれている。苦痛と恥辱《ちじょく》が入り混じって、内壁が不安定に締まる。

乃木が眉根を寄せて、呼吸を乱した。その双眸は銀色の強い光を溜めている。

鉛筆の音がどんどん忙《せわ》しなくなっていく。それに重ねて、佳槻の内壁もまた小刻みにわななないて男を揉みしだく。

乃木のものが蠢き、さらに長さを増した。

――怖い……。

これは本当にセックスなのだろうか？

佳槻が知っているそれとは、根底から違うもののように感じられる。

全身がビリビリして、佳槻は踵だけ床についた足の爪先《つまさき》をギュッと丸めた。

全身に力が籠もりきり、身体の芯から痙攣《けいれん》がこみ上げる。

「くっ」

乃木が苦しそうに喉を鳴らした。スケッチブックを握る左手の甲に筋がぼこりと浮き上がる。

射精しながらも、乃木がその手を止めることはなかった。

5

月曜の朝、佳槻《かずき》は自宅マンションに寄ってスーツに着替え、事務所へと向かった。電車の振動すら身体に響く。

金曜の夜から土曜日曜と、まだたったの二日半しか乃木《のぎ》と過ごしていない。

それなのに、金曜の夜といまの自分では、違うものになってしまっているかのようだった。

眠るときと食事をするとき以外のほとんど、佳槻は乃木に描かれつづけた。乃木の性器を嵌《は》められたまま、後背位や騎乗位《きじょうい》でも描かれた。

確かに何度も身体を繋《つな》げて、乃木の体液を深いところに放たれた。

けれどもあれはやはりセックスとは異質なもののように思われてならなかった。乃木がみずから快楽を求めて腰を振ることはなかった。

佳槻はまるでディルドを嵌められて放置されているかのような絶望感に幾度《いくど》も襲われた。それでいて、乃木のものがあまりに長くて深くまで侵入しているために、自分から積極的に腰を遣うこともできなかった。

だからセックスという相互行為に溺れた充足感はまったくない。

ただただ自分という存在を乃木によって解体されつづけた感覚だけが残っていた。

デッサンする鉛筆の音が鼓膜《こまく》にこびりついている。

通勤電車の人混みのなか、自分だけが鉛筆描きの線画の存在になっていた。

……鉛筆の線画なら消しゴムで消せるのか。

そう考えたら、すうっと気持ちが楽になった。

事務所に着いて土日に溜まっていたメモや書類に目を通していると、山之内《やまのうち》と大野《おおの》が揃《そろ》って出社してきた。

「ふたりとも目が赤いけど、どうしたんですか？」

尋ねると、斜め前のデスクに鞄を置きながら大野が答えた。

「金曜の夜から今朝方まで、式見《しきみ》さんのドラマを観てたんです」

佳槻の正面のデスクに着いた山之内が補足説明をする。

「こいつ格好つけて映画専門でドラマはほとんど観たことないとか抜かすんで、式見さんのドラマをノンストップで観せてやったんですよ」

「大野くんは確か、映画研究会でしたね。大学で」

「そうなんです。別に格好つけてるとかじゃないんですけど、山之内さんがやたら絡んできて――これ、パワハラじゃないですかね？」

わざとらしく悩ましい表情をしてみせる大野を、山之内が「ああ？」と睨みつける。

佳槻はそんなふたりを眺めて軽く肩を竦《すく》めた。

「トレーナーとトレーニーの仲がよさそうでなによりです」

「別に山之内さんとなんて仲良くないですけど」

「おい、ドラマ観て一緒に泣いた仲じゃねぇか」

「……睡眠不足で涙腺が壊れたんです」

水と油でどうなることかと思ったが、山之内も大野も映像作品が好きという共通点はある。それが石鹸《せっけん》となって、時間がかかっても馴染んでくれるに違いない。

山之内がデスクに身を乗り出して、こちらをじっと見てきた。

「なんかやつれてませんか？」

「……気のせいでしょう」

大野も椅子から腰を浮かせて、佳槻をまじまじと眺める。

「頬のあたりげっそりしてますよ？」

部下ふたりの視線を浴びて、いたたまれない気持ちになる。自分は異様に爛れた週末を経《へ》て、ここにいるのだ。頬が熱くなってくる。

「それより、業務のマニュアル化で気になったところが――」

話を逸《そ》らしながらノートパソコンを開いたとたん、その天板を結婚指輪をした手に閉じられた。目を上げると、総括マネージャーの井上《いのうえ》が難しい顔で横に立っていた。

「有給休暇を消化しろと言ったはずだが。休むなら式見さんがオフのいまぐらいだろう」

「ですが、仕事も溜まっていますし……」

「お前が休まないと下も休めない」

井上がくどくどと続ける。

「そもそもお前はチーフマネージャーなのに式見さんの現場にべったりついて回って、なんでも自分でやってるだろう。なんのための複数マネージャー体制なんだ。それじゃいつまでたっても下が育たない」

一分一秒でも長く式見の傍《そば》にいたくてマネージャーに転身したのだ。

ふたりきりの時間を大切にしたいあまり、現場マネージャーを現場から排除することまでしてきた。

「こいつらが頼りないのはわかる。だが、こいつらをマネージャーとしてモノにするのもお前の仕事だ。それには仕事をしっかり分担して、お前自身が下に目を配る余裕を作ることも大切だろう」

「……はい。井上さんにしていただいたように、すべきでした」

佳槻がマネージャーとしてこの事務所に勤めはじめたとき、業務を一から教えてくれたのは、式見の当時のチーフマネージャーであった井上だった。

こうして式見のチーフマネージャーになることができたのは、間違いなく井上が前のめりな自分を受け止めて、能力を見極めながら積極的に仕事を任せてくれたお陰だ。

――井上さんにしてもらったことを、まったくできていない……。

ただただ式見に夢中で、自分がなすべきことをできていなかったのだと、いまさらながらに思い知らされる。

パソコンの天板から手を離しながら井上が言う。

「有給休暇を取らないのは労働基準法違反だからな」

「わかりました。前向きに検討《けんとう》します」

立ち去る井上を眺めながら大野が言う。

「格好いいですよね、井上さん。担当したタレントは全員売れっ子になったって、見る目と売り出しの才能ありすぎですよ。バリバリ仕事できて視野も広くて、渋い男前で。あんなふうになりたいなぁ」

「井上さんなんてマネージャー業界の神様だろ。初めからうえを目指しすぎるな。まずは俺を目指せ」

山之内が大野の二の腕に拳《こぶし》を軽く当てながら言うと、大野が隣の席の山之内をじろじろと眺めてから呟いた。

「それはちょっと無理です」

「ああ?」

「だからそういう体育会系のノリが無理なんですって」

大野が佳槻のほうへと視線を向けた。

「まずは瀬戸《せと》さんを目指すことにします。やり手で清潔感溢れてて、しかもけっこう美人で。俺もコンタクトやめて眼鏡にしようかな……」

「おいこら、大野」

自由すぎるトレーニーに山之内が目を剝く。

「え、まずいこと言いましたか？　けっこう美人ってとこですか？　それ、山之内さんが前に言ってたんですけど」

「……お前のことは一からガツガツ躾《しつ》けなおしてやる」

目が合うと、山之内が日焼けした顔に気まずそうな苦笑いを浮かべた。

佳槻は今度こそノートパソコンを開き、三人で共有しているマニュアルに、ふたりから疑問点を訊きながら内容を追加修正していった。

トラブルが発生しない程度のマニュアルを作ればいいと思っていたが、自分が井上から教えてもらったノウハウも、サブマニュアルにしようと考えを改める。

山之内と大野に、できるだけ多くのことは残しておきたい。

キーボードを打ちながら佳槻は胸で呟く。

――乃木さんに壊される前に、できるだけのことを……。

「……戸さん、瀬戸さん？」

山之内の太い声に呼びかけられて、佳槻は我に返る。

ここは電車のなかだ。今日が火曜日で、得意先での打ち合わせを終えて山手線《やまのてせん》に揺られているところなのを思い出す。嫌な汗が項を伝う。

電車が駅で停まり、乗客がぞろぞろと降りていく。

「あそこの席、空《あ》きましたよ。座ってください」

促されて、佳槻は慌てて首を横に振った。

「でも、顔色悪いですよ」

「……立っていたほうが、楽なんです」

「そうなんですか？」

山之内の気遣うまなざしがつらい。

彼は知らないのだ。

昨日、仕事が上がってから乃木のアトリエに直行した自分が、どのように上下の粘膜《ねんまく》で男に奉仕したのかを。

その姿を乃木に描かれながら幾度も達したことを。

そして――――。

電車がカーブで大きく揺れた。いつもなら踏みこたえられる揺れに、今日はとても耐えられなかった。身体が大きくぐらついて転びそうになる。

「危ないっ」

山之内に腕を掴まれた。足腰が震えて、引っ張られるままに彼のスポーツマンらしい厚みのある胸元にぶつかってしまう。

「……すまない」

胸に手をついて身体を離そうとすると、腰の後ろを掌《てのひら》で支えられた。

「危なっかしいです」

ぼそっと斜め上から囁かれる。

部下とのこんな接触は不適切で、避けなければならないことだ。けれども下肢《かし》に痺れが溜まりきっていて、もう自力で立っていられる状態ではなかった。

異物が嵌まっている脚の狭間に力が籠もって、呼吸が乱れる。

『これを一日外すな』

今朝、アトリエを出ようとしたとき、玄関で乃木にスラックスと下着を下ろされて、プラグを後孔に嵌められ、そう命じられたのだ。小ぶりなものだったが妖しい違和感に苛《さいな》まれつづけ、椅子に座ると当たりどころのせいで下腹部が疼《うず》いて仕方なかった。得意先でも幾度も体内のものに意識を奪われてしまい、途中からは山之内が主体となって話をまとめてくれた。

また電車がガタンと揺れた。

腹部に力がはいり、プラグを粘膜で締めつけてしまう。

「……う」

山之内のスーツの襟《えり》をグッと握る。身体がビクンビクンと小さく跳ねた。こめかみがカッと熱くなるのを感じながら上目遣いで山之内の様子を窺う。

目が合ったとたん、山之内がきつく目を眇めた。

そして電車が代々木《よよぎ》駅で停まると、佳槻の腕を摑んでホームに出た。

「山之内くん、どうし……」

「瀬戸さんも、このまま直帰ですよね。少しだけうちで休んでいってください。ここからすぐですから」

そう早口で言うと、佳槻の答えを待たずに山之内が歩きだす。

体内のプラグに意識を削られて、佳槻は頭がうまく回らないまま駅から歩いて十分足らずのところにある山之内のマンションに連れて行かれた。

ワンルームの部屋はパイプ家具で揃えられていて、ラックにはフットサルのボールやシューズが置かれていた。床にはサッカーとフットサルの雑誌が乱雑に積まれている。

山之内が芸能事務所にマネージャーとしてはいったのは、スポーツ選手のマネジメントを手がけたかったからだったが、山之内に目をかけた総括マネージャーが佳槻の下につけたのだった。

「適当に座ってください。コーヒーと紅茶、どっちがいいですか?」

「……コーヒーで」

ローテーブルの横に正座をして、佳槻はもぞりと腰を動かす。

山之内はマグカップをふたつ運んできてテーブルに置き、神妙な顔つきで佳槻のほうに向いて正座をした。

「なにか相談したいことでも?」

コーヒーをひと口飲んで、抑えた声で尋ねると、山之内が急に大きく頭を下げた。土下座せんばかりの様子に、佳槻は目を見開く。

「瀬戸さんに謝らないといけないことがありますっ」

なにか取り返しのつかない仕事のミスでもしたのだろうか。

「聞くから、隠さずに言ってください」

促すと、山之内が頭を下げつづけたまま打ち明けた。

「俺、前に瀬戸さんのあとを尾けたことがあって——その新宿《しんじゅく》で……バーのなかまで、ついていって」

もうそれだけで山之内が言わんとしていることがわかった。彼は佳槻が新宿二丁目のバーで男を漁り、ホテルに行ったのを目撃したのだ。

頭から血の気が引いて、顔が強張る。自分のスラックスの腿に指先を食いこませ、その下の肌に爪をたてた。

「そうですか」

声が掠《かす》れる。

「私がそういう人間だとわかって軽蔑《けいべつ》しましたか」

山之内が驚いたように顔を上げる。

「ち、違います」

「それをわざわざ伝えてきたということは、なにかあるんでしょう？ ……好奇心をもちましたか？」

弱みを見せれば食いつかれる。

子役のころからそうやって自分は食いつくされてきたのだ。

「……好奇心があったのは、本当です。瀬戸さんはいつも隙がなくて完璧《かんぺき》に凄い量の仕事をこなしてて、でも本当はどういう人なのか全然見えなかったんで」

「それなら、わかって満足したでしょう」

そう言いながら立ち上がろうとすると、山之内に手首をグッと摑まれた。その手指の熱さに驚く。

「違うんです。俺は――」

ひとつ呼吸をしてから山之内がきっぱりとした声音で言ってきた。

「俺じゃダメですか?」

「……え?」

「いや、そのホテルに行くとかそういうのじゃなくて、その、仕事以外でも一緒に過ごしたいんです」

佳槻は穴があくほど山之内の顔を見詰めた。

あまりにもストレートで健《すこ》やかで、勇気がある。

――なにもかも私にはないものだ。

だからこそ彼と比べて、自分がいかに歪んでいて腐り落ちているかが鮮明に見えた。

「山之内くんの気持ちはわかりました。でも、すみません」

手首を摑んでいる手をやんわりと外して立ち上がろうとするが、またすぐに手首を摑まれた。

いつも爽やかな日に焼けた顔が、つらそうな表情を浮かべていた。

自分のような人間のために山之内がこんな顔をするのは間違っている。

「言ってください。瀬戸さんの好みに近づくようにします」

たぶん彼なりに真剣に考えてくれているのだろう。元カノの話を何度か聞いたことがあったからおそらくは本来は異性愛者で、同性への想いに戸惑い、悩みもしたに違いない。

こういう相手のことをありがたいと思える人間だったら、どれだけよかっただろうと、佳槻はぼんやりと思う。

力まかせに振りきることもできずに向かい合って正座をしたまま、ふたりとも黙りこむ。

沈黙のせいで、スマートフォンが震えるブブ…という音が妙に大きく聞こえた。ジャケットのポケットからスマホを出して確かめる。乃木からの電話だった。

「大丈夫です。出てください」

そう促されて出ないほうが不自然で、佳槻は応答のマークをスワイプした。右手首を山之内に握られたまま電話に出る。

「はい、瀬戸です」

『どこにいる？』

「代々木にいます」

『仕事は上がったのか？』

「はい」

『いま打ち合わせが終わって青山《あおやま》の画廊を出たところだ。車だから拾っていく』

佳槻は小声になりながら返す。

「それはけっこうです。電車で帰りますので」

『……なにかあるわけか』

「な、なにもありません」

『なにかある声だ』

押し問答になって困惑していると、ふいに山之内が手を伸ばしてきた。スマホを奪われる。

「山之内くん…っ」

「失礼します。瀬戸さんの同僚の山之内と申します。瀬戸さんはいまうちにいます」

そう強い声音で告げると、マンションの場所などを乃木に伝えてしまった。

慌ててスマホを取り返したものの、通話はすでに切れていた。

「どうしてよけいなことを……」

「彼氏ですか？」

まっすぐ見詰められながら問われて、佳槻は答えに詰まる。

恋人ではない。しかしある意味、恋人以上に特別な関係ではある。

「あなたには関係ありません」

「このところ様子がおかしいのは、その人のせいなんじゃないですか？」

「……それは」

「とにかく顔を見て、ひと言言わせてもらいます」

そう宣言して山之内は、佳槻の手首を握る手にさらに力を籠めてきた。

「乃木、映爾《えいじ》？」

ドアを開けた山之内が愕然として呟いた。

乃木が玄関のなかに踏みこんでくる。灰色のバンドカラーシャツにスラックスという格好だ。彼が現れただけで、ありふれたマンションの部屋が一瞬にして彩度を上げる。

山之内が佳槻の手首を握っているのを目にすると、乃木は不快そうに眉をひそめた。

「帰るぞ」

佳槻が乃木のほうへと行こうとすると、しかし山之内があいだに立ちはだかり、張った声で乃木に告げた。

「待ってください。あなたにお話があります」

「なんだ？」

「あなたは瀬戸さんと、特別な関係なんですよね？」

乃木が小首を傾げて、山之内に改めて査定するまなざしを向けた。それから山之内には答えずに、佳槻に訊いてきた。

「お前はこの同僚から特別に想われているのか？」

佳槻が口籠《くちごも》ると、山之内が「そうです」と返す。

わずかに面白がる笑みが乃木の目許に浮かんだ。

「なるほど」

「最近、瀬戸さんの様子がおかしいのはあなたが原因ですよね？　恋人なら、ちゃんと大切にしてください」

「大切に、ね」

乃木の薄灰色の眸《ひとみ》が銀色がかる。その眸に見詰められたとたん、身体が芯から重たく痺れた。

「大切にしてほしいなら、この男にしておけ」

「っ、恋人にそんな言い方を――」

気色ばむ山之内の手から、佳槻は自分の手首を引き抜いた。革靴に足を入れる。

「山之内くん、お邪魔しました」

そう告げてドアノブに手をかけようとすると、耳元で呼びかけられた。

「佳槻」

下の名前を呼ばれたのは初めてだった。

驚きと戸惑いに顔を上げたのと同時に、喉を正面から摑まれて唇を奪われた。

舌が深々とはいってくる。

「ン…んぅ」

とっさに抗おうと乃木の腕に手をかけたが……そのままシャツの生地に指を這わせた。気が付いたからだ。

乃木はいま、壊してくれているのだ。

山之内に少しでもまっとうに見られたいと思っている瀬戸佳槻を壊してくれている。山之内のなかの瀬戸佳槻に寄せる想いを壊してくれている。

喉奥から舌先までねっとりと舐められて、粘膜がわななく。体内のプラグが熟《う》んだ粘膜にめりこむ。

「ふ…ぅ」

甘い吐息が犯されている唇から漏れた。

片手で佳槻の喉を摑んだまま、乃木のもう片方の手が腰を這いまわり、臀部へと流れた。薄い丸みを鷲摑みにされる。その指先が服のうえからプラグの底に触れた。とたんに身体がビクンと跳ねる。

山之内の前で、口から唾液が零《こぼ》れるキスをして、嵌められたプラグを捏ねられる。

きつく目を閉じても、眩暈が止まらない。

朝からずっと蓄えられてきた劣情《れつじょう》が、堰を切る。

こらえなければという焦りと、壊される甘美さとが入り混じり、感度を跳ね上げていく。惑乱状態に陥りながら佳槻は全身を引き攣らせた。体内から痙攣が拡がっていく。

すぐそこで見ている山之内にも、佳槻が達したことはわかったに違いない。

走り去る足音と、廊下とリビングのあいだのドアが激しく閉められる音とが聞こえてきた。

＊

「あぁ…っ…あ…」

アトリエのロフトに置かれたベッドにバンドカラーシャツだけ着て仰向けになった乃木は、つらそうに上下運動を繰り返す白い背中を凝視《ぎょうし》していた。

項から背骨へと骨の連なりを辿り、尾骶骨《びていこつ》、そしてその下から覗く自分のペニスを見る。

――俺を使って自分を壊しているのか。

佳槻は乃木に背を向けるかたちで跨《また》がり、自身のなかを無茶な腰遣いで抉《えぐ》りつづけていた。それでも長すぎる器官をすべて収めることはできていない。

会社の同僚だという男のところから佳槻を車で連れ帰り、アトリエに着くと佳槻はすぐにバスルームに消えた。そしてほどなくして眼鏡も外した全裸の姿で出てきて、乃木の手首を摑み、ベッドへと導いたのだった。

手にしているスケッチブックに線を引こうとするが、視線も意識も被虐的な青年へと引きつけられてしまう。

同僚の前で達するとき、佳槻は舌まで痙攣《けいれん》させていた。あの時、佳槻のなかの一部が砕けて壊れたのを乃木は明確に感じ取った。その砕けた破片が自分のなかに刺さったのだ。

そしていま佳槻は、さらにみずからを砕く行為に溺れている。

できる限り深くまで腰を沈めては、ずるずると幹を粘膜で擦りながら亀頭が抜けそうなところまで腰を上げる。そこから折り返して、今度はおのれを突き刺すように陰茎を飲みこんでいく。自重でより深いところまで含んで、つらそうに肩や肩甲骨《けんこうこつ》をわななかせる。

その姿を紙に写し取ろうと鉛筆を動かす。

しかしまたすぐに意識を佳槻へと搦め捕られ、気が付くと手が止まっていた。

「…っ」

スケッチブックと鉛筆をシーツに叩きつけると、乃木は激しい苛立ちを覚えながら上体を起こした。後ろから佳槻の身体を羽交い締めにする。

「佳槻」

名前を呼ぶと、粘膜がギチギチと性器を締めつけてくる。

「壊して……ください」

細い声で懇願《こんがん》されて、乃木は前に回した手で骨ばった肩を摑んだ。そうして佳槻の身体をぐうっと下ろさせていく。

「ひ…ぅ」

これまで届かなかった深部まで押し拡げられて佳槻の身体がガタガタと震えだす。

「もう少しでぜんぶだ」

「ぁ、う――ぅ…ぐ」

恐慌状態に陥ったかのように佳槻の呼吸が乱れきり、怯《おび》えた粘膜が波打っては収斂《しゅうれん》する。

その間隔が次第に短くなり、ついには根元まで埋まった乃木の性器を潰さんばかりに内壁が締まりきったままになる。

「――壊れる」

苦しそうな、それでいてひどく甘い声で呟いて、佳槻が全身を突っ張らせた。

肩に顎を載せて覗きこむと、半勃ちのものが壊れたように白濁を漏らしつづけていた。

次第にぐったりしていくその身体を乃木は背後からきつく抱きこむ。

壊れたときに砕けた佳槻の破片が、深々と突き刺さってきた。

6

水曜から金曜までは有給扱いで休みを取った。

山之内《やまのうち》にどんな顔をして会えばいいのかわからなかったというのもあるが、それ以前に、水曜の朝は物理的に起き上がることができなかったのだ。

ひと晩中、乃木《のぎ》に抱かれていた。スケッチブックと鉛筆を手離して、彼もまたセックスにすべての意識と欲望をそそいでくれた。

乃木との行為は彼の性器の形状のせいもあるのだろうが、快楽より苦痛のほうが大きい。それが佳槻《かずき》にとっては、このうえなく望ましかった。

ひと突きごとに瀬戸《せと》佳槻という存在が粉砕《ふんさい》されていくかのようで。

自分も自分を取り巻く世界も、乃木が砕いてくれる。佳槻が自分自身では壊しきれなかったものまで、壊してくれる。

水曜も深夜までずっと、乃木は佳槻を壊しつづけてくれた。それはどこか、寝食を忘れて一心不乱に絵を描く彼の様子と重なって見えた。

抱かれながら意識が崩れるように消えて、自分が乃木の描く絵になる夢を見た。目を覚ますと北の天窓から薄紫色の空が見えた。隣に乃木の姿はない。

喉が渇《かわ》いているのに気づいて、床に手を伸ばす。ボトルにじかに口をつけて、どろりとした渋みのある赤ワインを口に含む。こんなふうに寝ながら飲んでいたから、シーツのあちこちに赤い染みができていた。

身体はひどくだるいけれども、自分が希薄になっている感覚は心地よかった。過去に積み重ねてきたつらいことも、すべてが薄く希釈《きしゃく》されているようだった。

それでも式見槐《しきみえんじゅ》のことを思うと、胸がかすかに震えた。

――このまま……。

このままもっと薄めてもらえたら、すべてを忘れて、空気と同じ比重になることができるのだろうか。

ぼんやりとそんなことを考えていると、階段をのぼってくる足音が聞こえてきた。帯もせずに紺色の浴衣を羽織った乃木が現れる。手には食パンの袋をもっていた。

「飲んでばかりで食べてないだろう」

言われて、そういえば最後に食事をしたのは火曜の昼だったと気づく。四十時間ほどもなにも食べていなかった。

乃木がベッドに片胡坐《かたあぐら》をかいて座り、食パンの塊を千切った。それを口許に宛がわれる。

「空《す》いてません」と言う佳槻の口に、パンが突っこまれる。

仕方なく噛もうとしたが、数度噛んで口が止まる。

「どうした？」

「……顎が、疲れていて」

不明瞭な発音で返すと、乃木が目を細めた。

「俺のをしゃぶりすぎたせいか」

長い指が唇のあいだにはいってくる。舌を撫でられ、なかのパンを取り出された。そのパンが乃木の口に含まれるのを佳槻は見る。

なんの嫌悪感もない様子で乃木がそれを咀嚼するさまに、佳槻はゾクリとする。

嚥下するであろう喉元を見詰めていると、乃木がシーツに手をついてこちらに身を伏せてきた。唇が重なる。指で下唇をめくられた。

「ん――」

温かくてやわらかいものを、口のなかへと押しこまれる。

それが飲みこむばかりにされたパンだと気づき、佳槻は身震いした。

嫌悪感は起こらなかったが、飲みこむのは、なにか一線を踏み越える行為のように思われた。

唇を離した乃木に間近から見詰められる。

初めてここに来たとき、パンを食べながら乃木にキスされたことが思い出されていた。食欲と性欲は脳の近い場所にあるという。

いままた、ふたつの欲望が電気信号で強く結ばれていく。

喉を蠢《うごめ》かすのを見られて、佳槻は腰をわななかせた。幾度かに分けて飲みこんでから、口を開けてすべて飲みこんだと教えると、乃木がまたパンを千切った。今度は初めから自身の口に含んで咀嚼《そしゃく》し、また佳槻に与える。

胃に血が集まり、熱を帯びてくる。

生きるための活動だ。

乃木は無責任にただ壊しているのではない。

壊しながらも生かそうとしてくれている。

矛盾《むじゅん》しているようだけれども、それが乃木映爾《えいじ》という人間なのだと沁《し》みるように感じる。

「乃木先生は――」

どの言葉が正確なのだろうか。考えて、告げる。

「優しい方なのですね」

乃木の鋭角的に整った顔に、苦痛の表情が滲む。

その表情をこの一日半、セックスに溺れながら幾度か目にした。

「それは違う。俺は――」

乃木が昏《くら》い横顔でなにか呟いたが、聞き取ることはできなかった。

胃に食べ物を入れてひと眠りしたら身体に力がはいるようになり、一階のバスルームでシャワーを浴びることができた。身体中のいたるところに——顔や髪にまで乃木の形跡が乾いてこびりついていた。

タオルを腰に巻いてバスルームから出る。ふと大きな北窓から裏庭を見ると、木々の向こうにある木造ガレージの入り口の階段に乃木が座っていた。煙草を吸いながら深く俯いている。

夏の日差しが樹葉に濾過《ろか》されて、激しい雨のように乃木に降りそそいでいた。

泣いているように見えて、佳槻は遠目に男を凝視する。金曜の夜にこのアトリエに来て六日、佳槻は目に見えてやつれたが、乃木もまたやつれているようだった。風を孕《はら》むバンドカラーシャツの肩は以前より鋭角的だ。

壊してほしがる自分のために、乃木は身を削ってくれている。

そう思うと、申し訳ない気持ちがこみ上げてきた。

——……でも、どうしてそこまでしてくれるんだろう?

デッサンの最中に問われるまま、自分のことは乃木に隠し立てすることなく教えたが、乃木のことは知らないことだらけだった。家族構成も知らなければ、どんなふうに育ったのかも知らない。

独特の雰囲気からして、両親も芸術家だったのだろうか。

想像を巡らせながら乃木を見詰めていると、乃木の唇から煙草が転がり落ちた。それを靴底で踏み躙《にじ》ると、乃木は豪雨から身を守ろうとする者のように両腕で頭をかかえこんだ。

「打ち合わせに行ってくる。夕方には戻る」

そう言って、金曜の昼ごろ乃木はアトリエを出て行った。

朝まで自由を奪われて器具までもちいて苛まれたせいで、身体が芯から熟んだようにだるかった。そのままうつらうつらとして過ごし、バスルームを使おうと身体を起こしたときにようやく、佳槻は前手に手錠《てじょう》をつけられたままであることに気が付く。

順応して、手錠をかけられていてもそれなりに身の回りのことをできるようになっていた。

全裸でベッドから下りて階段へと向かおうとして、ローテーブルに一冊のフォトアルバムが置かれていることに気づく。褪《あ》せた水色の表紙の、かなり古いもののようだ。佳槻が眠っているときに乃木が眺めていたのだろう。

興味を引かれて、その表紙を開いてみる。

経年劣化《れっか》で薄茶色くなった台紙とフィルムのあいだに、モノクロームの写真が一枚、挟まっていた。どこかの山間《やまあい》の集落の遠景だ。山の中腹あたりから撮ったものらしい。豊かな木々の緑が黒々とした縁取《ふちど》りとなって、茅葺《かやぶ》き屋根の家々を包みこんでいる。

その空間に吸いこまれていくような感覚を覚えて、佳槻は膝をつきながら台紙をめくった。野菊《のぎく》の咲き乱れる河原と水車小屋の写真が現れる。やはりモノクロであるのに、野菊の花びらの白さと、澄んだ水の煌《きら》めきとが眩しく感じられた。

向かって右側の台紙には、広がる棚田《たなだ》の写真があった。切り絵のように区切られた田には水が張られている。

不思議なことに、無彩色の写真を見ているはずなのに、棚田に映りこむ水色の空とやわらかく光る雲が、ありありと頭のなかに浮かび上がってくる。

まるで集落のなかを散策しているような心地になりながら、台紙をめくっていく。

古民家の土間や囲炉裏《いろり》、天井の梁、障子《しょうじ》に映る木の影。

そして最後の台紙をめくる。

大樹の写真だった。

そうとうな樹齢なのだろう。幹には入り組んだ波のような紋様が浮かび、露出した根が荒々しく地上を這いまわっている。大きなウロは、叫ぶ人の口を彷彿《ほうふつ》とさせる。豊かな樹冠《じゅかん》は空へと這いのぼるかのようだ。

この樹木は集落の守り神なのだろう。その太い幹には注連縄《しめなわ》が巻かれている。

風が吹いて葉が鳴る音まで聞こえてくるかのようだ。自分はいまやわらかな木漏れ日を浴びながら大樹の前に佇んでいる……。

すうっとその空気を吸いこんでからアルバムの裏表紙を閉じた。

しばし、その褪せた水色の裏表紙を眺めて、集落の記憶をなぞる。

――誰がこの写真を撮ったんだろう？

写真の古さや雰囲気からして、なんとなく乃木ではないような気がした。

思いを巡らせながら階下に下り、シャワーを浴びてからロフトに戻ろうとして、佳槻は足を止めた。

大きな北窓から木造ガレージを見る。

昨日、アプローチ階段に座りこんでいた乃木の様子が思い出された。

――あのなかに、なにがあるんだろう？

乃木映爾という人間のことを知りたいという渇望《かつぼう》が滾々《こんこん》と湧き上がる。

佳槻はサニタリールームに行き、そこに置かれていた紺地の浴衣を肩に羽織ると、アトリエの玄関を出た。熱風に翻《ひるがえ》る浴衣の衿を、手錠をされた手で押さえる。

鬱蒼と生《お》い茂《しげ》る樹木から落ちてくる木漏れ日に眩《まぶ》しさを覚えながら、木造ガレージに向かう。

ガレージには鍵《かぎ》はかかっていなかった。

ドアを開けるとひんやりとした暗がりが流れ出てくる。

ドア横にあるスイッチを押すとパッと視界が明るくなる。

「あ…」

鮮やかな色彩が押し寄せてきた。圧倒されて、思わず声を漏らす。

そこには大量のキャンバスが置かれていた。壁にかけられているものもあれば、壁に立てかけて置かれているものもある。

佳槻はその一枚一枚を見てまわった。人物画が多いが、風景画や静物画もあった。

完全にいまの作風のものから、作風が確立される過程のものらしき作品まで収められている。

色彩に殴りつけられ、恍惚《こうこつ》と息をついて改めて部屋を見回し、部屋の奥に扉があることに気づく。

佳槻は吸い寄せられるようにその扉の前に行き、ノブを回して押し開いた。

明かりを点ける。

「――――」

目を見開いて、視線を巡らせる。

まるで銀灰色の森に迷いこんだかのようだった。

四方の壁を埋めるようにかけられた大小のキャンバス。それらはすべて人物画だった。しかし人物画でありながら風景画であり、静物画でもあった。

樹葉のあいだから顔を覗かせている少年の絵、樹木の幹に逆《さか》しまに溶けた女性の絵、花弁の中心で花芯《かしん》となっている青年の絵、樹木にまとわりつく寄生植物と化している若い女性の絵……数十枚の絵は、それぞれ淡い色味がついているものの総じて銀灰色の印象だ。

そして——。

佳槻は壁画のように大きな絵の前に立ちつくす。

「あの樹だ……」

古いアルバムの最後に収められていた大樹の写真。これはその大樹の絵だった。

うねる波のような太い幹には大きなウロがあり、紙垂《しで》のついた注連縄が巻かれている。その足許では無数の根が絡み合いながら地を這いまわり、四人の人間を搦め捕っていた。いずれもほかの絵に描きこまれている者たちで、眠っているのだろうか。無表情に深く目を閉じている。

銀灰色と黒と白で描かれた絵だった。

佳槻は絵の前に膝をつき、四人を見詰めた。

十代なかばのあどけなさのある少年、三十代ぐらいの目鼻立ちのしっかりした女性、二十代なかばの優しげな青年、長くて細い手足をした二十歳ぐらいの女性。

「……誰?」

尋ねるように呟く。

彼らが乃木と深い関わりがある者たちだということだけは感じ取れる。

式見との会話が、頭の奥から揺り起こされた。

『僕としては前の乃木映爾の作風のほうが面白かったけどね』

『……前は違う作風だったのですか?』

『七年ぐらい前に個展を覗いたときは違ってた』

『そうだったんですか』

『まぁいまのほうが、世のため人のためかもね』

この部屋にある絵が、式見が言っていた「前の作風」であるのは間違いないだろう。

しかし、これほどまでに大きく作風を変えたのは、いったいどうしてなのか。単に商業的に成功するためだけではない気がしていた。

乃木が作風を変えたことを、世のため人のためと式見が言っていた意味とは……。

床に座りこんだまま佳槻は四方の壁を見回す。

――この人たちは、乃木先生とどういう関係だったんだろう？　いまは、どこでどうしているんだ？

憑《つ》かれたように考えながら、胸のあたりがひどくざわめく。

そのざわめきの根源を探って、どれぐらい座りこんでいただろうか。

足音が聞こえてきて、佳槻はハッと我に返った。

慌てて立ち上がろうとしたのと同時に、乃木が部屋に飛びこんできた。その顔は蒼白で、絵を見まいとしているかのように瞼を深く伏せていた。彼は凍《い》てついた表情で佳槻に駆け寄ると、乱暴にかかえ上げてその部屋を出た。

忌《い》まわしいものを封じるように激しくドアを閉める。

「先、生……すみません、勝手に」

震える声で謝るが、乃木は唇を噛み締めてなにも言葉を発しない。

自分が、乃木の決して踏みこんではならない領域に侵入してしまったことを佳槻は知る。

アトリエのロフトへと荷物を運ぶように連れて行かれて、ベッドに放り投げられた。肩にかけていただけだった浴衣が身から剝がれる。

前手に嵌められていた手錠がいったん外されて、今度は後ろ手に嵌められた。ベッドの下から画箱が取り出されて、シーツのうえで開かれる。乃木はそこから足枷《あしかせ》を出すと、佳槻の両足首にかけた。左右の鉄輪を繫ぐ鎖《くさり》は十センチほどの長さしかない。これでは歩くこともままならない。

乃木は鋭角的な顔を無表情に塗り固めていた。そんななか、目ばかりがギラギラと銀色に光って見える。

強烈な寒気がこみ上げてきていた。身体の芯が強張り、呼吸が浅くなる。

「もう二度と、あそこにははいりませんから――ぁ…」

萎《な》えている陰茎にリングを通された。ダブル式で、陰囊《いんのう》にも嵌められる。

その縛《いまし》められた性器を乃木が口に含んだ。茎を口腔で捏ねられ、鑢をかけるように亀頭を舌で擦られる。

「ん…ふ…」

乃木のただならぬ様子に恐怖を覚えながら――だからこそよけいに、全身にゾクゾクした痺れが繰り返し拡がっていく。

ゆっくりと乃木が唇の輪を引き上げる。それに引っ張られて佳槻は仰向けのまま、腰を反らせた。吊り上げられるかたちで段差の部分をきつく噛まれて、身体がビクつく。

噛みついている歯が開かれると腰がガクンとベッドに落ちた。その衝撃で、半勃ちになったペニスが透明な蜜を大量に漏らす。

乃木が画箱へと手を伸ばし、小さなビーズが連なった器具を出した。それにジェルがまぶされる。

ひとつめの粒を亀頭の先の孔《あな》にグリッと押しこまれると、茎が付け根からわななないた。

「これ、嫌……です」

訴えるのに、ツプツプとビーズの連なりを挿入《そうにゅう》されていく。閉じている管を奥まで拓《ひら》かれる感覚に、佳槻は細い嗚咽を漏らす。最後に外れないように、端についているリング状の留め具を段差の部分に嵌められた。

ようやく乃木が口を開いた。

「こういうことを期待していたんだろう」

「そんな、こと……」

「こんなになっているのにか?」

乃木の指に裏筋を根元から先端まで辿られて、自分が激しく昂《たか》ぶっていることを教えられる。

――嘘だ……。

枕営業をしていたころ、尿道ブジーを使われたことは何度かあった。けれどもそれはただ痛みと違和感に耐えるだけの行為で、苦痛だった。

……それなのにいま、自分のものは痛々しいまでに反り返っている。まるで陰茎を内側から焼かれているかのようで、腰が淫《みだ》らに揺れる。

もういっぱいいいっぱいなのに、乃木がまた画箱から新たな器具を取り出した。前立腺を刺激するのに特化した玩具だ。それにもジェルがまぶされる。

「うつ伏せになれ」

命じられて、佳槻は朦朧としたまま従った。みずから膝をついて腰を上げる。

エネマグラの快楽をよく知っている粘膜は、一瞬拒もうと襞を閉じたものの、すぐに期待にわななないておずおずと口を開いた。

「は…うぅ」

乃木が湾曲した持ち手部分に指をかけて位置を調整すると、前立腺に当たったとたん内壁がきゅうっと締まってみずから器具を固定した。刺激に目の奥がチカチカする。なんとか後孔を緩めようとするが、すぐにまた粘膜が締まって、弱い場所にさらにめりこんでしまう。そうすると尿道も連動して締まりきり、細かなビーズがブツブツと内部を刺激する。茎がさらに充血して、リングが食いこんでくる。

これまで経験したことのない、下腹部全体がドロドロに焼け爛《ただ》れていくかのような強烈な体感に恐怖が嵩《かさ》んでいく。

「や、ぁ——抜いて……抜いて、くださ、い」

懇願するのに、乃木は「そのままでいろ」と抑えた声音で言ってきた。

火照る頬をシーツに擦りつけながら、後ろ手に拘束《こうそく》されてうつ伏せで腰だけ上げた姿勢で、なんとか少しでも身体の力を抜こうと試みていたが。

背後から、鉛筆の音が聞こえだした。

「え……？」

首を捻《ね》じって見返ると、真後ろに座った乃木はスケッチブックを手にしていた。

画家の目で見詰められるのは、粘膜のうねりまで覗きこまれているような心地で。

「ぁ——ぁ、ふ…」

鉛筆がざらつく紙を這う音に、身体のあちこちをまさぐられている錯覚が起こる。腰が勝手に前後に揺れだす。淫具に貫かれている陰茎が揺れながら、蜜をわずかずつ隙間から滴《したた》らせていった。

横倒しで顔をシーツに伏せていた佳槻は、弱く息をついて目を開けた。

ここに運ばれてきたとき窓は夕刻の色合いだったが、いまも窓は夕刻の色に染まっていた。丸二日がたったのだ。

身体中の粘膜も毛穴も開いてしまっているかのようだ。体内は溶解炉に放りこまれているかのようにドロドロに熱いのに、身体の表面は冷たくて、絶えず悪寒が襲ってくる。

少しずつ拡張された尿道は、初めは絶対にはいらなかっただろうサイズの器具に貫かれている。後孔に挿《い》れられたディルドがブブブ…と音をたてて蠢く。

その音に重ねて、鉛筆が荒々しく走る音がする。

二日にわたって苛まれているあいだ、意識が遠退《とおの》きかけることはあっても、強すぎる刺激に眠ることもままならなかった。

しかし乃木もまた佳槻の身体を苛み、紙に写し取り、射精や飲食や排泄《はいせつ》の管理までして、一睡《いっすい》もしていないようだった。

ベッドに片膝をたてて座り、鉛筆を動かしつづけている男を見る。

その白目は真っ赤に充血し、光彩は銀色に燃えている。

目が合って、佳槻は呟く。

「もう、楽に……してください」

あまりにつらくて、意識がいまにも砕け散りそうだった。

「ねだり方は教えただろう?」

ほとんど自動的に、乃木に刷りこまれた言葉が口から出た。

「私の命は、私のものでは、ありません。あなたの、ものです。……だから、あなたを、ください」

すると乃木が身震いして、スケッチブックと鉛筆を手離した。スラックスの前を開けながら、横倒しになっている佳槻に覆い被さる。

ディルドが引き抜かれ、入れ違いにペニスを長々と突き入れられる。

「う、あ——ぁあ」

奥深くまで一気にこじ開けられて、佳槻は身悶《みもだ》えた。

波打つようにうねる内壁を硬いものにゴリゴリと摩擦《まさつ》されていく。

「そんなにされたら…っ——ひ、ぁ、ぁ」

手足の指先まで強張って震えだす。達しているのに吐精《とせい》できなくて、茎が苦しさに根元から激しくくねる。

「ね……がい、です。射精、させてください」

涙ながらに懇願すると、乃木が腰を打ちつけながら佳槻の喉ぼとけを親指でなぞった。

「決して忘れるな。この命をどうするか決めるのは、お前ではなく、俺だ」

慌ただしく頷くと、乃木の手が佳槻のペニスへと伸びた。ビーズの珠の連なりが茎から抜かれ――。

「ぁ…ぁあ…ぁあああ――っ…っ」

ガクガクと全身を痙攣させながら、壊れたようにペニスから白濁を漏らす。リングで通路を狭められているせいで、絶頂がいつまでも続いていく。

「大丈夫だ、佳槻」

この限りなく苦痛に近い快楽を与えてくれるのも、こうして抱き締めて慰《なぐさ》めてくれるのも、乃木なのだ。

矛盾《むじゅん》していて、その矛盾をなによりも望んでいるのは自分だった。

突き上げられるたびに白い蜜が性器から押し出される。

意識は粉砕されていき、体内で男が爆《は》ぜたのと同時に消え去った。


なにかに搦《から》め捕《と》られている。

さまざまな太さの根が首に胴に腕に脚に、絡みついていた。

――ああ……そうだったんだ。

木造ガレージの最奥の壁に飾られていた絵。巨大な樹木の根に四人の男女が囚《とら》われていた。

あの四人はいまの自分のように、乃木映爾に壊された者たちだったのだ。

根に締めつけられて苦しいけれど、繊細《せんさい》な根毛が肌を優しく這いまわるのが心地いい。
溜め息をつき、佳槻は夢のなかで深く瞼を閉じる。
瞼の裏に銀灰色の樹木の絵が浮かび上がる。
その根には五人の者が囚われ、安らかに眠っていた。

7

「瀬戸《せと》？」

赤茶色と灰茶色の眸に同時に覗きこまれて、佳槻《かずき》は我に返り、慌てて椅子から立ち上がった。

スタジオでの式見槐《しきみえんじゅ》のグラビア撮りに同行していたのだ。

昨日で式見の十日間の夏休みが終わり、佳槻もまた日常へと立ち返った。けれども今朝までは乃木《のぎ》の家にいたのだ。朝はベッドから自力で起き上がるのも困難な状態で、乃木が新宿《しんじゅく》の自宅マンションまで車で送ってくれた。

佳槻は知らず、自分の腕をさする。そこに木の根が絡みついているかのような感覚がこびりついていた。日常にも乃木映爾《えいじ》の根が伸びていて、ともすれば搦《から》め捕《と》られそうになる。

式見が腕組みをして見下ろしてくる。

「やっぱり具合が悪そうだね」

「いえ……大丈夫ですので」

観察されるのが怖くて眼鏡の下で目を伏せる。

乃木のところでは途中から眼鏡を外して過ごしていたが、透明なレンズとはいえ、一枚隔《へだ》てて守られていることにいまは安堵を覚える。

剝き出しの瀬戸佳槻などというものは、本来は人に見せてはならない醜悪なものなのだから。

「そうかなぁ？」

式見が小首を傾げて顔を近づけてくる。

この十日間のことまで彼特有の推察力で見抜かれてしまうのではないかと緊張が全身に走り、眸《ひとみ》を震わせたときだった。

「あの――そろそろ、次の現場に向かわないと間に合いません」

太い声が聞こえてきた。

山之内《やまのうち》が少し離れたところに立ち、いくらか困ったように項を掻く。

式見の視線が山之内と佳槻を行き来する。そしてなにも言わずに、佳槻の肩をそっと撫でて
「行こう」と促した。

山之内が社用車の運転席に座る。助手席のドアを開けようとした佳槻は、式見に肩を抱かれて後部座席に押しこまれた。車がスタジオの地下駐車場から、眩しい陽射しのなかへと出ていく。

「山之内は運転うまいね」

佳槻の左手首に指を這わせながら式見が褒《ほ》める。

「ありがとうございます。大学のころからよく親の車を運転してたんです」

照れながら山之内が答える。

式見がにこりと佳槻に微笑みかけた。

「それで、どういう心境の変化？」

これまで佳槻が他のマネージャーを現場に同行させたがらなかったことを言っているのだ。

「……井上《いのうえ》さんに育てていただいたように、私も少しは下を育てなければならないと思ったんです」

「ふーん？」

甘く呟いて、式見がふいに佳槻のワイシャツのカフスボタンを外した。袖口を捲られて、慌てて手を引っこめて手首を隠す。

「ちらっと見えて気になってたんだよ。その痕《あと》、どうしたの？」

「こ、これは、少しぶつけただけです」

「手錠の痕だよね？」

「――」

突然、車が減速して、路肩に寄せられて停まった。

運転席の山之内が後部シートを険しい顔つきで振り返る。

「瀬戸さん、手錠って……」

そのような痕をつけたのが乃木映爾《えいじ》であることを、彼はわかっているのだ。目の前で、乃木が佳槻をいたぶり、連れ去ったのだから。

「まさか、監禁されたんですか？」

ストレートすぎる質問に鼻白むものの、式見に見詰められて答えざるを得なくなる。

「違います。合意です」

「合意でも手錠なんてダメじゃないんですか」

詰《なじ》るように言う山之内に、式見が軽い口調でおどける。

「山之内がピュアすぎてグサグサ刺されるね」

「でも……」

「いけないことでも、必要なことがあるんだよ。ある種の人間にはね」

静かな言葉だったが、山之内はまるで脅されたみたいな表情になって前を向いた。ふたたび車が走りだす。

式見は佳槻の左手首をやんわりと摑むと、カフスボタンをつけなおしてくれた。そして佳槻の手の甲を包むかたちで、手を握り締めてきた。

来月から撮影が始まる映画で、これまでにも幾度か式見と組んで仕事をしたことのある津向《つむぎ》要斗《かなと》がスタントマンとしてはいることとなった。

一時期、式見は要斗にずいぶんと入れこんでいた。その際には佳槻もヤキモキさせられたものだったが、結局、要斗は式見を選ばなかった。

式見を選ばない者がいることに驚きを覚えたのと同時に、佳槻は安堵に胸を撫で下ろしたのだった。

「本当は要斗とふたりきりで食事をするつもりだったんだけどね」

スペイン料理店の個室に通され、テーブルをコの字型に囲む革張りソファに腰を下ろしながら、式見が肩を竦めた。

「向こうが保護者同伴だっていうから、こっちは瀬戸に付き合ってもらうことにしたわけ」

「津向さんには仕事前にご挨拶をしておきたかったので、ちょうどよかったです」

要斗たちは少し遅れるということで、先にベルモットをふたりで口にした。強いハーブの香りのするワインを飲むと、消毒されているような気分になる。

——消毒したところで、手遅れか。

九月にはいっても、佳槻は足しげく乃木のもとへと通っていた。破壊と癒《いや》しを与えてもらうために。

壊れきったとき、乃木はあの絵に、五人目として自分のことを描き加えてくれるのだろうか。

「式見さん」

「ん？」

「前に……乃木映爾先生の絵のことについて言っていましたよね。前の作風のほうがよかったとか」

「言ったね」

「あの、どういう意味だったんでしょう？　いまのほうが世のため人のためかもしれないって」

「ああ、あれは――」

　隣に座る式見が頬杖をついて、目を眇めた。

「乃木映爾のモデルをすると死ぬ」

「……」

「実際に命を落とした人もいるし、死にかけた人もいる。昔、モデルをしてた知り合いの女の子も乃木映爾のモデルをしてから自殺未遂《みすい》をしてね」

　――やっぱり、そうだったのか。

　驚きはなかった。本能的にわかっていたことの答え合わせをできた感覚だった。

「作風が変わってからはそういう話は聞かなくなったけどね。僕のときもそうだったけど、会わずに絵を描くことも多いぐらいで」

　そう言ってから、式見がふと眉をひそめた。

「もしかするといまの描き方は、彼なりの防止策ってことなのかな」

　その防止策は、自分に対しては解除されているのだろう。

佳槻自身がそれを強く望んだからだ。

——私が乃木先生にふたたび一線を越えさせたということか……。

木造ガレージのアプローチ階段で、豪雨に打たれているかのように頭をかかえた乃木の姿が鮮明に脳裏に浮かんだ。

——そうか……。

胸がわななく。

——一線を越えたことに、苦しんでくれているんだ。

そのことに悦びを感じる自分は、やはり壊れているのだろう。

乃木が作風を変えて封じたかつての自身を……おそらく、乃木映爾という存在の根っこを、剝き出しにしてくれているのだ。

——私のために……。

自分からも見えないように封じたところで、過去や本性が消え去るわけではない。

あの銀灰色の絵のように、奥まった暗がりで息づきつづけている。

それは佳槻もまた同じだった。

母との関係や枕営業を重ねたことで、もう自分では処理しようもなくこびりついて人格の一部となってしまったものを、式見のもとに来てからは封じていた。けれども失恋により封じていた扉が罅割《ひびわ》れ、そして乃木によって開け放たれたのだ。

ベルモットを呷ると、まるで熟んだ傷口に沁みる消毒液のように胸が焼けた。

「遅くなって、すみません」

個室のドアが開き、津向要斗が会釈《えしゃく》をした。

「瀬戸さん、ご無沙汰《ぶさた》してます」

要斗のあとからはいってきた背の高いスーツ姿の男が微苦笑を浮かべる。

「カナがまた仕事で怪我をして、手当てをしてから来た」

彼は津向總一郎《そういちろう》。要斗の兄の、外科医だ。

向かいのソファに並んで座ったふたりを、式見が頬杖をついたままからかう。

「手当てだけですまなかったとか？」

それは当たらずとも遠からずだったようで、兄弟が揃って目許をほのかに染めた。

「別に、そんなんじゃ……」

言い訳をしようとする要斗の首筋に、總一郎が手の甲で触れる。

「そんなに時間がかかるようなことはしていない」

要斗を式見と取り合った過去があるだけに、總一郎は牽制《けんせい》しないではいられないらしい。そんな兄を要斗が横目で睨み、耳を紅くする。

「兄貴はもう黙ってろよ。今日だってついてこなくてよかったのに」

「そうはいかない。俺はお前の保護者でもあるからな」

「保護者って、もう二十八だってわかってる？」

「何歳になっても弟は弟だ。お前のお漏らしだって片付けた」

「っ、だから、もう黙ってろって！」

佳槻は改めて、津向兄弟を眺める。

弟はくっきりと黒い目と髪をしていて、スタントマンとして鍛《きた》えてはいるものの骨格自体が華奢《きゃしゃ》だ。

兄のほうは全体的に色素が薄く、彫りの深い顔立ちにふさわしい、スーツが映える骨格をしている。

外見にはまったくと言っていいほど共通点がないから、彼らが血の繋がらない兄弟なのだと式見から教えられたとき、自然と納得がいった。

ただそれでも彼らはあくまで兄弟であり、恋人であるのだ。

奇妙なバランスのうえに成り立っているように思われるのに、しかしふたりのあいだには強固な家族の絆《きずな》も、恋人としての甘やかな空気も、矛盾なく存在しているのだった。

スタントシーンを少しずつ自分でもやりはじめている式見と要斗がアクションのコツや身体の鍛え方で盛り上がり、總一郎が医師として横からアドバイスや注意を差し挟む。

佳槻はそれに耳を傾けながら運ばれてくる大皿のスペイン料理を取り分けたり、ドリンクの追加注文をしたりしていたが、昨夜も乃木のところに泊まって身体に負荷をかけ過ぎたせいだろう。酒と相まって具合が悪くなり、トイレへと立った。

嘔吐《おうと》してトイレから出たものの、そこで立《た》ち眩《くら》みに襲われた。倒れそうになったところで、近くにいた人に身体を支えられた。

「すみませ、ん」

目を閉じたまま謝ると、津向總一郎の声が耳元でした。

「顔色が悪いから気になっていたんです」

その言葉とともに、佳槻の身体は浮き上がる。總一郎に両腕でかかえ上げられたまま個室へと運ばれ、ソファに横たえられた。ネクタイやベルトを緩められる。

「大丈夫、ですから」と繰り返し口にしたものの起き上がることもままならず、結局、總一郎の運転する車で式見の家に送り届けられた。

「心配ですから、少し診《み》ておきましょう」

二階のゲストルームのベッドに佳槻を寝かせると、總一郎がそう申し出た。

辞退しようとしたが、難しい顔で言われる。

「ネクタイを緩めたときに首の傷が見えました。医者として見過ごすわけにはいきません」

それを聞いた式見がドアの鍵をかけ、ベッドの縁に腰かけながら訊いてきた。

「手錠と同じ奴にやられたの？」

式見には嘘をつくことができなくて、横になったまま弱々しく頷きを返す。

「瀬戸をしっかり診察してください。要斗は下で弦宇《げんう》が相手をしていますから」

もう逃げも隠れもできなかった。

總一郎が手際よく、佳槻のジャケットを脱がせ、ネクタイを抜き、ワイシャツのボタンを開けていく。インナーシャツから覗く首に、指を這わされる。

「擦過傷《さっかしょう》ができていますが、これは？」

「……首輪の痕です」

首に触れていた總一郎の指が、唇の端に触れてくる。

「相手は男性ですか？」

口角が切れているのは、口淫《こういん》をしすぎたせいだった。

「はい」

「そうですか。では、少しシャツを上げます」

あくまで淡々とした様子で、總一郎がインナーの裾を捲った。露《あら》わになった胸をふたりに見られて、佳槻は眼鏡の下で眸を震わせた。

乃木に吸われたり噛まれたりしたところが、無数の痣《あざ》になっている。さんざん嬲《なぶ》られた乳首《ちくび》はあからさまにぽってりと腫《は》れていた。

上体を起こして背中も確かめられる。

ようやくインナーの裾を下ろされて、「もう、いいですか」と呟きながらワイシャツの前を掻き合わせると、黙って見ていた式見が口を開いた。

「下も見せて」

「え……」

「見られたら困るようなことになってる？」

「——」

「見せて」

甘みのある声でねだられて、抗えなくなる。

かじかんだようになっている手でスラックスのベルトを外し、ファスナーを下げる。

式見が手を伸ばしてきて、スラックスのウエスト部分を摑んだ。促されるままに腰を上げる。

スラックスを膝まで下ろされた。下着も同様にして下ろされる。

いたたまれない気持ちに追いこまれて、佳槻は仰向けに横たわり、深く目を伏せた。ふたりの視線が下腹部にきつくそそがれる。

そこは酷いありさまになっていた。

昨夜も器具を使われたせいで、茎や双嚢《そうのう》の根元にはリングの痕がくっきりと変色して残り、亀頭は赤く腫れている。

「少し触ってもいいですか？」

總一郎の言葉に頷く。

性器を掌で掬《すく》われ、ブジーでいじめられて炎症を起こしている尿道口を丁寧に視診された。

「本当に合意ですか？」

かすかに眉をひそめた總一郎に確認される。

「……はい」

昨夜も乃木に満たされた。

患部《かんぶ》を綺麗に保って、次の行為まであいだを空けるようにと總一郎から言われる。

「瀬戸に話があるので、先に下りていてください」

式見の言葉に従って總一郎が部屋から出ていく。

下半身の衣類を引き上げようとすると、その手を式見にやんわりと押さえられた。式見の手が歯形の残る内腿を這いのぼる。

「ごめんね」

囁き声で謝りながら、後孔に指先で触れてきた。

「あ…あ、っ」

爛れたように腫れている襞を探られて、身体がビクビクと跳ねてしまう。式見の手首を摑んでやめさせようとするのに、優しくいじられつづけて、陰茎が身をくねらせて頭をもたげだす。

「相手は、乃木映爾だね？」

言い当てられて息が止まりそうになる。

「……どうして――山之内が、言ったんですか？」

「違うよ。乃木映爾との打ち合わせのあとから、彼のインスタをよく見るようになっただろ？　それで嫌な予感はしてたけど、瀬戸が今日、彼の昔の絵のことを訊いてきたときの感じで確信した」

佳槻の脚のあいだからそっと手を抜き、優しい手つきで下着とスラックスを引き上げて着せなおしながら式見が言う。

「彼だけはやめておいたほうがいい」

「……私は、大丈夫です」

「大丈夫じゃないってわかってるくせに」

式見は見抜いているのだ。佳槻と乃木の資質が噛み合っていることを。そしてそれが非常に危険な作用を生むことを。

佳槻は唇をきつく噛んでから、咎《とが》めるまなざしを式見に向けた。

「式見さんだって、貞野《さだの》さんにかなりのことをしていましたよね？　それなのにどうして止めるんですか？」

「弦宇は壊そうとして壊せるような奴じゃない。実際、壊せたのは殻《から》ぐらいのものだった。それでもこっちは命懸《いのちが》けだったけどね」

「私も乃木さんに殻を壊してもらっているだけだとは思いませんか？」

ふいに式見が身体を倒して、隣にうつ伏せになった。頬をシーツに押しつけて、間近から見詰めてくる。

「そうだね。殻を壊すのは同じなのかもしれない。ただ弦宇は茹《ゆ》ですぎた卵みたいなもので、殻がなくなっても彼は強固に彼自身だった。でも、君はどうだろう?」

問いかけながら式見が顔を寄せてきた。

切れた唇の端をちろりと舐められる。

とたんに心臓が壊れそうなほど波打ち、心身ともに芯からとろりと蕩《とろ》けた。

「私は……」

自分には貞野のような強固な自我はない。

殻が割れれば生卵のように流れ出て、かたちを失う。

そして実際、かたちを失うことを自分は望んでいるのだ。

式見が上半身を斜めに重ねて、体重をかけてくる。

「このままだと、君の核まで壊れてしまう」

うえから包むように、やわらかく抱きこまれる。

「君の核が大事なんだよ」

性的な昂ぶりとは異なる高揚感に包まれていく。

佳槻は縋《すが》りつくように、式見の見えない翼のある背に両手を這わせた。

8

憑かれたように動かしていたペインティングナイフの手を止めて、乃木《のぎ》は目の前のキャンバスを凝視した。アイドルグループのセンターの少女がビビッドカラーのインクにまみれているポートレートアートだ。

「……っ」

乃木はその少女の華奢な首に、ペインティングナイフを突き立てた。

鮮やかな絵の具が混ざり、絵のなかに幾つも灰色のうねりが生まれていたのだ。しかも無意識のうちに、その灰色を大きく塗り拡げていた。

身震いして、壁の時計を見る。

十一時を回っていた。窓の外は明るい。

佳槻《かずき》と連絡が取れなくなってから三日がたっていた。何度もメッセージを送り、電話もかけたが、佳槻からの反応はない。昨夜はそのことで頭がいっぱいで、一睡《いっすい》もできずにこうして絵を描いていたのだった。

キャンバスに突き立ったナイフを縦に下ろして貼られた画布を切り裂くと、乃木はアトリエを出た。そして勢いのまま裏庭を突っ切って、木造ガレージへとはいる。

奥の部屋の前に立ち、ドアに額を押しつける。

身体中が心臓になっているかのように全身がドクドクしていた。

――まさか、佳槻も、もう……。

このドアの向こうにある絵の者たちと同じように、この世にいないのだろうか。

焦燥感と恐怖とが身体の芯から止め処《とど》なくこみ上げてくる。

佳槻の事務所に連絡して彼がどうしているのかを確認すれば、答えは判明する。しかしその勇気がなかった。このまま答え合わせをしなければ、佳槻は永遠に死ぬことはない。

「……」

震える手指でノブを摑む。

何度も深呼吸をしてから、ドアを開けた。ドア横の壁にあるスイッチに拳《こぶし》を叩きつける。

視界が明るくなる。

乃木は睨み据えるように、半眼で壁の絵を見回した。

一枚一枚の絵から記憶が噴き出してきて渦《うず》を巻き、それに吞まれて息ができなくなる。渦の底へと吸いこまれるように、最奥の壁にかけた大きな絵の前に行く。

大樹の根元に四人が眠る絵だ。

キャンバスの右下に五人目の――瀬戸《せと》佳槻が横たわる姿が滲むように浮かび上がってくる。

「違う…っ、違う」

床に膝をつき、掌《てのひら》で画布を擦って佳槻の姿を消そうとする。しかし擦っても擦っても、かえってなまなましく、そこに佳槻の姿が定着していく。

「やめてくれ」

懇願を呟いたとき、背中に声が降ってきた。

「懐かしい絵がありますね」

甘みを帯びた静かな声だ。

驚いて振り返ると、そこにひとりの青年が立っていた。すらりとした肢体《したい》を、白いハイネックのジップアップカットソーとグレーの細身のパンツに包んでいる。

一度はその姿を描いたことがあったが、それでもすぐに青年が式見《しきみ》槐《えんじゅ》であると認識できないほど、生身の彼は非実在的な存在感だった。

容姿の完成度はもちろんだが、彼から放たれるものが周囲の空気の色合いを変えている。

壁に沿ってゆっくりと歩きながら、式見が絵を眺めていく。

「この頃の個展を観ましたよ。有楽町《ゆうらくちょう》にある小さなギャラリーで」

茫然《ぼうぜん》としながら乃木は問う。

「……どうやって、はいった？」

「このカードキーで」

式見がパンツのポケットから、カードキーの端を見せる。

それをもっているのは自分以外には佳槻だけだ。

——佳槻……。

また全身がドクドクと脈打ちだす。

佳槻のカードキーを使ってここに式見が現れたということは、やはり佳槻になにかあったからではないのか。

知りたくない。口のなかが干乾《ひから》びていく。

詰まる喉から、なんとか濁《にご》った掠れ声を絞《しぼ》り出《だ》す。

「か…佳槻は?」

部屋を半周して、式見が膝をついている乃木のすぐ横に立った。

「瀬戸は僕が保護しています」

全身から力が抜ける。

保護しているということは、佳槻は生きているのだ。

その美しい線で繋がれた横顔を大樹の絵に向けて、式見が言う。

「瀬戸佳槻にはもう会わないでほしいんです」

根に絡みつかれて地に横たわる四人に視線がそそがれる。

「この絵のモデルの人たちはみんな、亡くなっていますよね? 瀬戸があなたと繋がっているようだと気づいてから調べさせてもらいました」

もしかすると式見の目にも、横たわる佳槻の姿が見えているのかもしれない。痛ましいものを見る顔つきで、絵の右下を見詰める。乃木が掌で擦っていた場所だ。

「瀬戸佳槻のことも、死なすつもりですか？」

「違うっ」

強い声で否定すると、式見が少し驚いたように瞬きをして、乃木へと視線を向けた。

「でも、あなたが本気で関わった人は、自殺してしまうんですよね？」

「――――」

「あなたがどういうつもりか、悪意で関わったのか善意で関わったのかは関係ありません。ただ僕は、それに決して瀬戸を巻きこませたくない」

式見が苦しそうに眉根を寄せる。

「それなのに瀬戸は、あなたのところに行きたがる。いまは閉じこめて止めてるけど、いつまでも監禁しておくわけにはいかない。だからあなたのほうから瀬戸を拒絶してもらいたい」

「佳槻は俺のところに来たがっているのか」

悦びに胸が震えた。

足に力がはいり、立ち上がる。

そうして式見を見下ろして告げた。

「佳槻は俺が生かす。常に俺の視界に置いて、ずっと生きていることを確認しつづける」

式見のオッドアイが鋭く光る。その目が四方の壁を埋め尽くす絵を一巡《いちじゅん》してから乃木のうえへと戻ってくる。

「自分の傷を誤魔化すのに、瀬戸を使わないでもらいたい」

「誤魔化しではない。俺は今度こそ間違わない」

「本気で関わった人間を生かしておくことができると証明して安心したいだけでしょう。瀬戸にどこまで甘えるつもりですか？」

佳槻は自分を求め、自分は佳槻を求めている。自分たちはあり得ないほどがっちりと嚙み合っているのだ。それをどうして他人に妨《さまた》げられなければならないのか。

しかもこの男は、佳槻が執着してやまない相手なのだ。

身体のあちこちに焼け爛れるような感覚が起こる。

乃木は式見の首を正面から摑むと、彼の背を大樹の絵に叩きつけた。

「お前では佳槻を満たせない。お前のところにいても、いつまでも苦しむだけだ。だから佳槻は俺を求めた」

「それはわかっています」

冷たさと慈《いつく》しみが混ざる表情を式見が浮かべる。

「蝶《ちょう》は蛹《さなぎ》のなかで幼虫から成虫になるとき、核となるほんの一部を残していったんドロドロに溶けてしまう。いまの瀬戸はその状態で、無理に蛹を裂いたら不可逆的なことになる」

式見の手が喉に伸びてくる。喉ぼとけを親指でグッと押される。

「どうしても関わるというのなら、その命をかけて瀬戸のことを考えてもらう」

気道を的確に潰されて、乃木は身震いする。

「なにをしてでも、俺から佳槻を守りたいということか」

「そうです」

乃木は薄い笑みを口許に浮かべた。

「そんなに守りたいなら、佳槻の代わりにモデルになってもらおう。ヌードで、俺の指示するどんなポーズでも取ってもらう」

いくら式見がマネージャーのことを大切に思っていたところで、そのためにみずからを辱《はずかし》めることなどするはずがない。

そう考えて、佳槻を手離さずにすむように提案したのだが、式見がさらりと答えた。

「いいですよ」

「——それを作品として公開するが、それでもいいのか？」

式見が微笑んだ。

「かまいません」

あの式見槐が一糸まとわぬ姿で、丸い台のうえに横たわっている。片膝を軽くたてて腰をわずかによじり、両腕は自然に投げ出している。天井へと向けられた顔は、星空でも眺めているかのようだ。

どこにも計算がないようなのに、全身はゆるやかなS字を描き、わずかに伸ばされた首筋の角度ひとつとってもこれ以上ないほど美しい。

華やかさと色香と潔さとが絶妙に入り混じり、自分がこのポーズを望んでいたのだと教えられているかのようだった。

式見が芸能界で成功しているのは、自己演出というよりも、人が望むものを捉える特異な才能を有しているからなのかもしれない。

デッサンは対象を自分のなかに取りこみ、それを消化して線として排泄する行為だ。

台の近くにイーゼルと椅子を置いて、式見槐を構成するものを取りこもうとする。

「……っ」

しばらく鉛筆を走らせたのち、乃木はスケッチブックから紙を引きちぎった。そして新たな紙に線を引く。

――どうしてだ……？

式見のことは以前にも描いたことがある。その時は広告代理店から渡された資料の写真や映像をもとにして描き、いかにも式見槐らしいポートレートアートを描くことができた。

しかしいま、生身の彼を前にして、その首筋の線ひとつ満足のいくように引くことができないのだ。

何枚も紙を破り捨てる。

ポーズを変えることは絶対に要求したくなかった。それは画家としての矜持《きょうじ》を打ち砕かれることになるからだ。なんとしてでも、この式見を解体して紙に留めなければならない。

そして自然にリラックスしているように見える式見のほうもまた、微動だにしないことに膨《ぼう》大《だい》なエネルギーを消費しているに違いなかった。

静まり返った空間で、全力の取っ組み合いをしているかのようだ。

ついには、鉛筆の芯と紙のあいだに同極の磁力でも働いているかのような抵抗感が生じはじめ、線を引くことすらままならなくなる。

苛立ち、焦燥感に駆られながら、乃木はイーゼルからスケッチブックを乱暴に外して立ち上がった。みずからも台に乗り、式見を見下ろす。

視界にはいっているはずなのに、しかし式見は乃木がこの場に存在していないかのような様子だ。

ひんやりとした静謐《せいひつ》な気配が、足許から這いのぼってくる。

式見がいまわずかに視線を動かしたのは、夜空の流れ星を追ったからか……。

乃木は瞬きをする。

目に見えているのは見慣れたアトリエの台のうえに横たわる式見槐であるのに、それが脳のなかで夜の草原とそこに裸で横たわる式見槐に変換されていた。

風にそよぐ一本一本の草の動きすら見えるようで。

その草を描くことはできた。夜の草原を描き、それからそこに埋まるように横たわっている式見を描き取る。

ようやく描き終えたとき、北窓が赤みを帯びていることに気づく。

たった一枚のデッサンを描くのに五時間以上を要していた。

それなのに式見はまったく同じ姿勢のまま、彼のなかにある夜空を見上げつづけている。

疲弊してしわがれた声で命じると、式見がまるで自分の意思でそうしたかのようにうつ伏せになった。

「うつ伏せになれ」

今度は両手を重ねたうえに額を置いて、見事な左右対称の姿を作り出す。項から背骨、臀部の狭間までがまっすぐに通りきる。うえから見下ろすと、腕の角度と相まって十字架のかたちに見えた。

高慢なまでに完璧なものを突きつけられて、乃木は崖《がけ》っぷちに追い詰められた心地になる。

屈辱感を味わわせて佳槻を守ることを諦めさせようと思ったのに、式見は高みに留まりつづけている。おそらくどれほど屈辱的な体位を取らせたところで、それは揺るがないのだろう。

たとえ性的に犯してすら、彼を引きずり下ろすことはできないに違いない。

――だが、それならば取りこめばいい。

描くことによって式見槐の核となる要素を自分のなかに取りこむことができれば、佳槻を式見から引き剝がせるのではないだろうか。

明かりを点けてから、乃木はふたたびスケッチブックと鉛筆を手に台へとのぼった。

そして式見の爪先に自分の素足の指先がつくかつかないかのところに足を置いて立つ。まるで自分の影を見下ろしているかのようだ。

骨や筋肉の流れまで透視して、自分のなかを通して指へと伝える。しかしかたちをなぞることはできても、いま感じている不可侵の高潔さまで写し取ることがどうしてもできない。

また何枚もの紙と、膨大な時間を消費していく。

心身の負担が果てなく嵩んでいくが、それは式見もまた同じであるはずだ。

ゆっくりとした呼吸に合わせて肩甲骨がかすかに蠢く以外、身じろぎひとつしない。生物でありながら静物であるかのようだ。

その肩甲骨を凝視していると、また実際に目にしているものとは違うものが、脳裏に浮かんできた。式見が蝶の蛹の話をしていたのに引きずられているのだろうか。

左右の肩甲骨から、なにかが生えている。翅《はね》のようだが、どのような翅なのか、はっきりと捉えることはできなかった。

――この男を取りこむことが、俺にはできない……。

苛立ちと焦りが、憤《いきどお》りへと色合いを変えていく。

もうこうなれば力ずくで式見を退かせるしかない。

式見の背を跨ぐかたちで、乃木は膝をついた。スケッチブックと鉛筆を横に置く。

異変を感じた式見がこちらを振り返ろうとした。その前に、すうっとした首筋に手をかけた。

「……ぅ…、っ」

手指の輪を絞めると、式見が横目でこちらを見た。

ただ脅すつもりだったのに、その目が怖くて、力のコントロールが効かなくなる。

頭のどこかで、式見さえいなくなれば佳槻を取り戻せるのだという考えが明滅していた。

「ぐ…」

式見の喉が濁った音を漏らす。

全身に鳥肌がたち――高い音でなにかが砕ける音が、アトリエに響きわたった。

視界の端にガラスの破片が無数に煌めく。北窓の大きなガラスが砕け散るなか、大きな体躯《たいく》の男が飛びこんできた。その男はまるで獣のような勢いで一直線にこちらに突進してきた。

なにが起こったのか把握できずにいる乃木の両肩に、男が摑みかかる。

式見のうえから吹き飛ばされ、そのまま床へと転げ落ちる。後頭部を激しく打ちつけて呻《うめ》く乃木の腹部に、ゴスッ…ゴスッ…と重い拳が叩きこまれる。

内臓が破裂するかと思う衝撃が続き――ふいに止まった。

目を開けると、服を身に着けた式見が正面から待てをするように、乃木に跨がる男の顔の前に手を翳《かざ》していた。

「弦宇《げんう》、もういい」

――……弦宇。

数拍ののちに頭がまともに働き、思い出す。

貞野《さだの》弦宇。式見槐の恋人だと書きたてられていたチェロ奏者であり俳優だ。

呆れたような声音で式見が言う。

「わざわざ窓を壊さなくても、玄関からはいってくればよかったと思うんだけど？」

「そんな場合じゃなかった」

式見の白い指が、貞野の厚みのある唇を撫でた。

「血が出てる」

「こいつを殴りたいのを、七時間も待った」

そのやり取りから、ふたりが初めから示し合わせて行動していたのだと乃木は知る。

おそらく貞野は式見とともに敷地内にはいり、それからずっと北窓からなかの様子を窺っていたのだろう。

「可愛《かわい》いね」

貞野のしっかりした顎に指をかけて、式見がやわらかく唇を重ねた。

それだけで狂暴な男が表情を緩め、すっかり手懐けられた飼い犬のようになる。

乃木の頭のほうに立っている式見が、逆しまにこちらを見下ろしてきた。

「もう自分でもわかったでしょう。あなたでは瀬戸を羽化させられない。これまでと同じことを繰り返して、あの絵に瀬戸を描きこむことになる」

「――――」

反論できるものを、なにひとつ自分のなかに見いだせない。

「あなたに瀬戸を想う気持ちがあるのなら、彼の前から消えてください」

裁定を下した式見は、貞野の手を取って立ち上がらせるとアトリエを去っていった。

仰向けのまま乃木はいくつもの太い梁が交叉する三角屋根の天井を見る。

式見槐がいたときに脳裏に見えた星空は、もう見えない。

頭の奥に、ただただ暗闇が拡がっているばかりだった。

9

佳槻《かずき》は三日のあいだ、世田谷《せたがや》にある式見《しきみ》の家のゲストルームに閉じこめられた。部屋はドアひとつでバストイレと繋がっていて不便はなかったが、スマートフォンも取り上げられ、完全に外界から遮断《しゃだん》された。

ひどく気が立っているのに出される食事を口にすると眠くなったのは、おそらく睡眠薬が混入してあったためだろう。

そうして強制的に眠らされて見る夢は、決まってあの絵の大樹の根元で眠る夢だった。硬化した根に骨が軋むほど雁字搦《がんじがら》めにされながら、やわらかな根毛に愛撫される。夢のなかで、いつまでもこのまま眠っていたいと思った。

ようやく部屋から出ることを許され、スマートフォンを返されてすぐ乃木《のぎ》に電話をかけたが、『おかけになった電話番号は現在使われておりません』というガイダンスが流れた。メッセージを送っても既読にならず、インスタグラムのアカウントは削除されていた。

乃木と連絡が取れなくなって混乱する佳槻に、リビングのソファに並んで座った式見が静かに言った。

「おととい、乃木先生のところに行ってきた」

佳槻は眼鏡の下で目を瞠《みは》った。

「……乃木先生に、なにかしたんですか？」

「僕はただ、瀬戸《せと》のことを真剣に考えてくれるように迫っただけだよ」

式見が厳《きび》しい横顔で続ける。

「彼は瀬戸を新たな犠牲者にしたくないと思ってくれたんだ」

たとえ相手が式見であろうと、乃木は他人から説得されて受け入れるような人間ではない。彼が別れを決めたのだとすれば、それは確かに彼自身が真剣に考えた結果にほかならないのだろう。

けれどもそんな一方的な決断を呑みこむことなどとうていできなかった。

ソファから立ち上がりながら佳槻は告げた。

「乃木先生のところに行ってきます」

「僕はいまから仕事だからついていけないんだ。弦宇《げんう》に送らせよう」

「ひとりで大丈夫です」

土曜とはいえ、これまでの自分なら、式見の仕事に同行することを優先したはずだ。

けれどもいまは迷うことなく、乃木を選んでいた。

式見邸を出ると、もうほとんど走るような足取りで駅に向かい、乃木のアトリエへと向かった。

カードキーは式見が乃木のところに置いてきたそうで、アトリエについたものの門扉に阻《はば》まれた。インターホンを何度押しても応答はない。居留守を使っているのかもしれないと、門の鉄格子越し、木々の向こうに佇《たたず》むログハウスに目を凝《こ》らす。

そうやって乃木の気配を捜しながら門扉に張りついているうちに夕刻を過ぎる。

街灯がともっても、ログハウスは暗く静まり返ったままだった。

乃木は外出していて、これから帰ってくるのかもしれない。そう考えながら、門に背を凭せかけるかたちでしゃがみこむ。

——まさか……。

刻々と街灯の光が存在感を増していくなか、佳槻は身震いした。

——まさかこのまま二度と会えないのか？

そんなことはあり得ない。乃木映爾《えいじ》は継続中の仕事をいくつもかかえているはずだ。

——でも、インスタグラムも消してた。

心臓が不安定に波打つ。

スマホが震えて、慌てて画面を確かめる。山之内《やまのうち》からの電話だった。

『瀬戸さん、いまどこにいるんですか？』

彼を巻きこめる立場ではない。

「私のことは気にしないでください」

『いま、どこにいるんですか？』

再度、強い声で問いただされる。答えずにいると、山之内が溜め息をついた。

『式見さんが乃木先生のアトリエだろうと言ってましたが、まだそこにいるんですね？』

否定も肯定もしないうちに『そっちに行きますから、そのままいてください』と言って、山之内が電話を切った。

山之内が来る前にこの場を離れようとも考えたが、それで帰宅する乃木を捕まえそこねたくなかった。彼が自分と接触したがらないのがわかっている以上、こちらから強引に接触するしかない。

しかし結局、乃木より先に山之内が現れてしまった。

山之内は社用車の黒いセダンを路肩に停めると、佳槻の前でしゃがんだ。彼の顔を見たら、自然と小言が出てしまった。

「式見さんの現場はどうしたんですか？」

「それは大野《おおの》に任せてきました。式見さんも瀬戸さんのことを気にかけて、仕事に集中できないみたいだったんで――」

そこまで言ってから、山之内が首を掻きながら言いなおした。

「俺が居ても立ってもいられなくて、迎えに来ました」

どう返していいかわからなくて、佳槻はボソボソと言う。

「社用車をこんなことに使用しないように」

「次からは気を付けます」

体育会系らしく爽やかに頭を下げて謝り、山之内が訊いてきた。

「乃木先生はアトリエにいるんですか?」

「たぶんいません」

「帰ってくるまで張るんですか?」

頷いて、佳槻は微苦笑を浮かべた。

「わざわざ来てもらって申し訳ないけど、山之内くんは帰ってください」

山之内が腰を上げる。

そして、しゃがんでいる佳槻と並ぶかたちで門扉に背を凭せかけて立った。

「そういうわけにはいきません。俺もここで待ちます」

「その必要はありません」

「瀬戸さんになくても、俺にはあるんです。乃木映爾にはひと言ふた言……いや、十言ぐらい言ってやりたいことがあるんで」

佳槻は呆れた視線を山之内に向けたものの、山之内を立ち去らせるために押し問答をするだけの気力が湧かずに黙りこむ。

心のどこかで、乃木が現れることはないような気がしていた。それは一分ごとに確信を増していった。

しばらくして山之内に促され、車内で待つことにした。

結局、乃木の姿を見ることがないまま、緑色に光る車載時計が深夜零時を告げた。

その頃にはもう気持ちが萎《しお》れていて、山之内の「帰りましょう」という言葉に従った。


乃木映爾が一方的に仕事のキャンセルメールを一斉《いっせい》送信して音信不通になって半月がたち、仕事を依頼していた広告代理店や芸能事務所は対応に追われていた。どうやらアトリエのほうにもまったく帰っていないらしい。

「式見さんとの仕事が終わっててよかったですよね」

事務所のデスクでスマホを眺めながら、大野がゴシップ記事のタイトルを読み上げていく。

「『売れっ子画家、乃木映爾が失踪《しっそう》』『乃木映爾、美人人妻モデルと逃避行か』『失踪したイケメン画家の恋愛遍歴《へんれき》』『人気画家・乃木映爾の知られざる過去』『元交際相手のモデルが語る人気イケメン画家の真相』。解禁になったみたいでいっせいに書かれてますよ」

大野の隣の席で、山之内が太い眉をひそめる。

「このあいだまでもち上げ記事一辺倒だったのが、見事な掌返しだな」

「え、どうしたんですか？　山之内さん、ちょっと前まで乃木映爾叩きまくってたじゃないですか。絵のセンスがないとか、全然イケメンじゃないとか」

山之内が向かいの席の佳槻を慌てたように見てから、大野の二の腕を拳で殴った。

「それとこれとは別だ」

「訳わかんないですけど？」

不服そうに大野が頰を膨らませる。

「個人的な好き嫌いは置いといて、印象操作で上げ下げするのが気に食わないって話だ。そんなの制裁記事だろう」

「……まぁ、それはそうですね」

大野がスマホをデスクのうえに置いて、少し気まずそうに呟く。

「それにしても、どこに消えたんですかね」

乃木映爾がどこに消えたのか。それはこの半月、佳槻も懸命に考えてきたことだった。

「少し休憩《きゅうけい》してくる」

席を立って休憩スペースに行き、コーヒーマシンでブラックを淹れる。カップを手に嵌め殺しの窓のところにあるカウンター席に行く。スツールに腰を預けて、スマートフォンを取り出した。

そしてさっき大野が羅列《られつ》していた記事に目を通していく。

悪意のある憶測《おくそく》記事がほとんどで、美人人妻モデルと半同棲《はんどうせい》状態で、夫に不倫《ふりん》が発覚して失踪したという真っ赤な嘘まであった。

ゴシップ記事から拾える情報などないかと諦めて画面を閉じようとしたとき、写真家という文字が目に飛びこんできた。アトリエで目にした褪せた水色のフォトアルバムのことが思い出されて、記事の続きに目を走らせる。

それは乃木の母親についての記述だった。

風景写真家の乃木葉子《ようこ》は、モノクロームの独特な作風が評価されていたのだという。享年三十六、乃木が十五歳のときに自殺したと記されていた。

乃木葉子で検索すると、いくつかの写真が引っかかった。

舗装《ほそう》されていない地面に広がる水溜まり。そこに映りこむ異国の街。

まだらに帯を作る雨に煙《けぶ》る、都市の空。

倒木を苗床にして、空へと伸びようとする芽が零す露《つゆ》。

モノクロームの写真のはずなのに、見ていると頭の奥で自然と着彩されて、写真が現実となって立ち上がってくる。

それはフォトアルバムに収められていた山間の集落の写真を見たときの感覚と一致していた。

――あれは、乃木先生のお母さんが撮った写真だったのか……。

しかしあのアルバムの写真は、商業作品よりもゆるやかで、日常の匂いを漂わせていた。

たぶんあの集落は乃木葉子にとって特別な場所だったのだ。

そして乃木映爾は佳槻を苛《さいな》みながら、あのアルバムを眺めていた。彼にとってもあの集落は特別な場所だったのではないだろうか。

——……乃木先生は、そこにいるのかもしれない？

不確かな糸だけれども、それを手繰らないではいられなかった。

とはいえ、あの山間の集落がどこにあるのかを調べるのは困難だった。乃木葉子が写真を撮ったのは三十年ほど前だろうか。集落の様子も変わっているに違いない。

写真の場所を探しはじめて一週間ほどがたった日の深夜、自宅のノートパソコンで不毛な検索を繰り返していたとき、廃村《はいそん》巡りを趣味とする動画配信者に辿り着いた。

特に期待もせずに、コンテンツがまとめてあるリストを再生する。

そうしてぼうっと動画を見ているうちに、動画配信者の訥々《とつとつ》とした喋《しゃべ》りに催眠効果でもあったのか、不眠に悩まされていたはずが、いつの間にかうたた寝をしていた。

『凄いですね。この根元に落ちてるのは注連縄《しめなわ》でしょうか。おそらくこの集落で御神木とされていた樹なんでしょう』

夢のなかに声が忍びこみ、目の前にあの大樹が立ち現れた。

『廃村になるまでのあいだ、幾世代もの人々の営《いとな》みを、この樹は見守ってきたんですね』

大樹の前に、ふたつの人影が生まれる。

すらりとした女性と、彼女と手を繋いでいる少年だ。

後ろ姿で顔は見えないが、佳槻にはそれが乃木葉子と乃木映爾であるように思われた。ふたりに近づいて声をかけようとしたところで、足許にぼこりと穴があいて落下する。

ビクッと身体が震えて目が覚めた。

「あ……」

ノートパソコンの画面を確かめるが、すでに大樹は映っていなかった。それに、御神木がある廃村など、いくらでもあるのではないか。冷静になろうと努めながら動画を少し前から再生する。

水車小屋が映っていた。特徴《とくちょう》のない造りだから、アルバムの水車小屋に似ているからといって飛びつくわけにはいかない。そう思いながらも、自然と身体が前のめりになる。

配信者が『このあたりはどうやら棚田だったようです』と説明するところは、雑草に埋め尽くされて見る影もなかった。

しばらく草を掻きわけながら歩く画像が続き、配信者が呟いた。

『凄いですね』

大樹が画面いっぱいに映される。

『この根元に落ちてるのは注連縄でしょうか。おそらくこの集落で御神木とされていた樹なんでしょう』

思わずノートパソコンの画面を両手で摑んで引き寄せる。

波打つ幹や露出した根、叫ぶ人の口を思わせる大きなウロ。

「あの樹だ……」

震える指で動画を止めて、概要欄《がいようらん》を見る。長野県《ながのけん》にある廃村だった。

乃木が廃村に滞在しているなどと考えるのは、現実的ではない。けれども奇跡的に手繰り寄せられた糸に縋りつくしかなかった。

「ここに、行かないと」

居ても立ってもいられない気持ちで呟く。

事務所をどうするか悩んだが、仕事のマニュアルは共有してある。総括マネージャーの井上《いのうえ》にはかなりの迷惑をかけることになるものの、半端に籍を置いておくほうがよけい対応に困るに違いない。

それに、万が一にも廃村で乃木と再会できたら、自分はもう帰ってこられないのだろう。

――今度こそすべてを擲《なげう》って、壊してもらう。

そうしたら乃木は、あの絵に自分のことを描き加えてくれるだろうか。

それは乃木にとっての、永遠に特別な存在になれたことを意味する。

夜が明ける前に退職願を書いて投函《とうかん》し、受理されるまでの日数は有給を当ててもらうようにメールを送っておいた。

そして佳槻は車に乗りこみ、長野の廃村へと向かった。
眼鏡は、マンションの玄関に置いてきた。

10

廃村への道のりは、容易ではなかった。

山をいくつも迂回《うかい》して、ガードレールが崩れ落ちた崖際の道を佳槻《かずき》は車で進んだ。落石で道が半分埋まっているところを通る際には冷や汗をかいた。間違った方向に迷いこんでいるのではないかと不安に駆られながら進んでいくと、急に視界が開けて、山間《やまあい》の集落が現れたのだった。

安堵を覚えたものの、集落の入り口で車を降りると、またぞろ心細さが押し寄せてきた。

廃村は、自然に還《かえ》りかけていた。舗装されていない道は草が生い茂り、薄紫色の秋アザミが群生して咲いていた。

しかしよく見ると道しるべを作るように、踏み固められた細い道ができていた。獣のものかもしれないが、もしかするとやはり乃木《のぎ》がここを訪れたのではないだろうか。

その細い道を辿っていくと、視界の先に小高い丘と、大樹が現れた。

大樹の下まで行って、見上げる。

——間違いない。あの絵の樹だ。

叫ぶようにぱっくりと開かれたウロ、波打つ幹、地面に剝き出しになって網目を作っている根。そのさまは、あの絵のままだ。

ただ一点違うのは、輝かしい金と橙《だいだい》色にその葉が染まっていることだった。

神々しい樹木の向こうには、赤みを帯びはじめた空が広がっている。

根元へと目を転じると、そこには朽《く》ちかけて縒《よ》りがほどけた太い注連縄《しめなわ》の残骸《ざんがい》が落ちていた。

佳槻は膝をつき、露出している根に触れた。雨風に晒されて硬化したそれはゴツゴツとして硬い。それをさすると、夢のなかでこの根に囚われて眠ったときの安堵に満ちた心地よさが思い起こされた。

――いっそ、このまま……。

誘惑に搦《から》め捕《と》られて、身を横たえてみようとしたときだった。

ふいに背中を刺されるような強い刺激が起こり、佳槻は驚いて振り向いた。

「あ……」

丘の下から、長軀に濃紺の作務衣《さむえ》をまとった男がこちらを見ている。

「乃木、先生……？」

願望が見せている幻なのかと疑って、手の甲で目を擦る。しかし何度擦っても、その姿が消えることはなかった。

――本当にここにいたんだ。

胸が激しく震える。

ここでこうして再会できたことこそ、自分と乃木が特別に結びついている証《あかし》なのだ。ほかの誰も捜し出せなくても、自分だけは乃木を捜し出すことができたのだ。

よろめきながら立ち上がり、丘を駆けくだる。

そうして手を伸ばして乃木の腕を摑もうとしたが——作務衣の紬地《つむぎじ》が指先にかすかに触れただけだった。

後ろに大きく一歩下がった乃木が、眇めた目で冷ややかに見下ろしてくる。

「なにをしに来た？」

もし返す言葉を間違えれば、自分たちのあいだに通っている細い糸を、乃木は千切り捨てるに違いない。

緊張に身を強張らせて、佳槻は懸命に考える。

捜しにきた、会いにきた、別れたくない、失いたくない、……愛しています。

どの言葉も乃木を繋ぎ止めることはできないのだろう。

乃木とのこれまでのことを辿り返し、答えを出す。

「まだ、私を壊してくれていません」

けれども乃木の表情に変化はない。

焦燥感に心臓が痛くなる。

長い沈黙ののち、佳槻はいまのありのままの気持ちを吐き出した。

「あなたが壊してくれないなら、あの樹の根元で眠ります。死ぬまで眠ります」

乃木が大きく身震いをした。その顔が蒼褪めていく。唇をきつく引き結んだのちに、乃木が踵を返した。そのまま立ち去ってしまうのかと思ったが。

「ついてこい」

そう言ってくれた。


佳槻は所在なく囲炉裏の傍に座り、屋内を見回した。

崖を背にして建つ茅葺き屋根の古民家は、廃村のもののわりに状態がいいようだった。板敷《いたじき》の床は長年にわたって燻《いぶ》されたせいか黒々とした艶《つや》がある。

天井は低めで、梁から囲炉裏へと自在鉤《かぎ》が吊るされている。自在鉤には鉄瓶《てつびん》がつけられて、口から湯気を吹いていた。襖《ふすま》はすっかり変色しきって、まだらな染みが広がっている。

乃木が土間から枯れ枝の束《たば》をもってきて、向かいの炉端に胡坐をかいた。

その鋭角的で彫りの深い顔立ちに、作務衣も古民家もそぐわなさそうなものなのに、なぜかしっくりと馴染んでいるように見える。

囲炉裏の灰床に新たな枝をくべて、空気が通るように火箸《ひばし》で枝を組む様子も手慣れていた。

乃木が日本酒を升《ます》に注いでは口に運ぶ。

障子を染める夕陽も失《う》せて、囲炉裏の炎ばかりが光源となる。

こうして向かい合って改めて見ると、乃木の頬が削《そ》げているのがわかった。骨格がしっかりしているせいでわかりにくいが、かなり痩せたようだ。

乃木はここでどのように過ごしていたのだろうか？

そもそも、どうしてすべての仕事を投げ出して失踪したのか？

ここに隠れて、どうするつもりでいるのか？

式見《しきみ》が乃木に、自分のことを真剣に考えるように迫ったと言っていたが、だからといってこんな極端な行動を取る必要はないはずだ。

パチパチと枝が燃える音に混ぜるように、乃木が低い声で言った。

「明日になったら帰れ」

「帰りません」

自分でも意外なほど強い声が出た。

乃木が苛立ちに顔をしかめる。

「もうお前を壊す気はない。お前をあの樹の下で死なせる気もない」

「……ご自分を壊して、あの樹の下で死ぬつもりですか？」

一刻も早く乃木を捜し出さなければならないと感じていたのは、心のどこかでその不安をかかえていたからだったのだと、口にしてから佳槻は気が付く。

そしてそれは当たりだったのだろう。

枝が崩れて小さくなった炎へと目を伏せた乃木は、否定の言葉を口にしなかった。

——もしかすると……。

佳槻は震える唇を噛む。

——もしかすると、私のほうが乃木先生を追い詰めていたのか？

乃木は十歳も年上で、初対面のときから圧倒的な存在感を放ち、いつでも佳槻のことをどうとでもすることができた。

ふたりのあいだの力関係は絶対的に固定されている——そう思いこんでいたのは、乃木への一方的な甘えだったのではないだろうか？

大樹の絵が脳裏に浮かび、その右下の根に搦め捕られて横たわる乃木の姿が描き加えられる。

背筋に戦慄《せんりつ》が走り、佳槻は思わず腰を上げて、乃木の横へと這い寄った。作務衣の腿を摑む。

「帰りましょう」

ここに乃木を置いていてはいけない。あの大樹に乃木の命を吸い取られてしまう。

薄灰色の眸が炎を映しながら佳槻を睨んだ。

「俺はここに帰ってきただけだ」

「ここに、帰ってきた？」

説明しようとしない乃木を見詰めながら懸命に意味を考える。

乃木の母親は日常の視点でここの写真を撮っていた。

七年前までの乃木の作風に自然の描写が多かったのは、そういう場所で日常を送っていたことがあったからではないだろうか。

そして乃木は失踪先にここを選び、「帰ってきた」。

佳槻は唇を湿して確かめた。

「ここは乃木先生の故郷なんですね?」

乃木がすっと視線を囲炉裏に向け、そこに枝を足して火吹き竹で空気を送った。また答えないつもりかと思ったが、升酒を呷ってから口を開いた。

「七歳から十二歳までここにいた。母が生まれ育ったところだ」

「あのアルバムの写真は、故郷を撮られたものだったのですね」

乃木が目をしばたたいて佳槻を見た。

「母の写真を見たのか」

「写真と大樹の絵で、ここに辿り着けました」

「——そうか」

また火へと視線を戻した乃木の腿に、紬地越しに爪を立てる。

「私と繋がったせいですか? ここに逃げこまなければならなくなったのは」

こちらを見ずに乃木が「そうだな」と呟くように言う。

「お前が現れなければ、俺は過去を塗り固めたままでいられたのかもしれない。あの奥の部屋の絵を二度と見ることもなく」

横顔の頬が引き攣れる。

「俺は弱くて、卑怯《ひきょう》な人間だ。誰も救えずに喪《うしな》うことしかできない。そしてそのことに向き合うこともできない」

「……あの四人を、救いたかったんですね」

きつく目を閉じて、乃木が項垂《うなだ》れる。

——ああ……。

ただもう自然と、佳槻は乃木の身体に両腕を回した。覚えている感触よりもだいぶ骨ばっていることに心臓が軋む。

乃木は一瞬抗うように身をよじったが、佳槻の腕のなかで静かになる。

枝が爆《は》ぜる音がする。

「母さん……だ」

「はい」

「あの絵は十五歳のときに、ノートに描いた。俺は母さんになにもしてやれなくて、その罪悪感を吐き出したくて、いまは安らかなんだと自分に言い聞かせたかったんだと思う」

抱く腕に力を籠めると、乃木が続けた。

「ふたり目は、高校の同級生だった。……俺は、自分も不安定なのに、いやだからこそか、同じように不安定なあいつに惹《ひ》かれて、初めて恋人をもった。でも、あいつの自傷はどんどん酷くなって――」

乃木はここに逃げこんだものの、もう精神的に本当に限界に来ていたのだろう。

言葉が止まらなくなる。

「三人目は、美大のときに知り合った裸婦モデルだった。彼女に惹かれたのは――初めての恋人と同じリストカットの痕《あと》があったせいだ。俺は俺自身の傷を塗り潰すために彼女を自分のものにした。でも彼女の依存がどんどん激しくなって背負いきれなくなって……たぶんそれが態度にも出たんだろう。同棲してたマンションに戻ると、彼女は手首を切ってた。病院に搬送《はんそう》されたが、助からなかった」

寄生植物と化した若い女の絵が脳裏をよぎる。

「四人目は――違うと、思った。これまで俺が特別に想って喪った三人とは、違うと思ったんだ。いつも笑顔で、前向きで、画家として軌道《きどう》に乗るまで彼が支えてくれた。……でも、仕事が順調にはいるようになっていくと、彼は塞《ふさ》ぎこむようになって、俺から離れていった。……七年前、彼の両親から連絡があって、自殺したことを教えられた。……俺と別れてから精神を病んで、ずっと入退院を繰り返していたそうだ」

乃木がみずからの頭を両腕でかかえこむ。

「あの大樹の絵を描いて、もう誰のことも特別に想わないことを誓った。……それなのに俺は、その誓いを破った。お前を……」

佳槻は男を抱き締める腕にさらに力を籠めた。

乃木に誓いを破らせたのは自分だ。

自分が壊してくれと頼んだせいで、乃木は特別な想いをいだかざるを得なくなったのだ。瀬《せ》戸《と》佳槻という五人目を、今度こそ死なせてはならないと思ったのだろう。たとえ壊してでも、生かさなければならないと……。

自分自身のことに頭がいっぱいで、乃木が必死に塗り固めてきた鮮やかな色彩を削り取っていることに気づけなかった。

彼が封じてきた傷を露出させ、抉《えぐ》りつづけていたのだ。

知らなかったことは言い訳にならない。

「もうわかっただろう」

腕の下から、濡れそぼった銀灰色の眸《ひとみ》が懇願する光を漏らす。

「俺は同じことを繰り返しつづける。本気のつもりでもいつも半端に関わって、相手を台無しにする。……だからお前は、俺の傍にいてはいけないんだ」

＊

囲炉裏端で雑魚寝《ざこね》をして、障子越しの明るい陽射しに乃木は目を覚ました。佳槻の姿がない。

起き上がって屋内や家の周辺を見てまわったが、やはりその姿はなかった。

車を集落の入り口に駐《と》めたと言っていたのを思い出して見に行く。

そこに車はなかった。

「そうか……帰ったか」

昨夜、佳槻に溜めこんできた秘密を吐露《とろ》して、自分の傍にいてはいけないと伝えた。

佳槻はそれを受け止めて、理解してくれたのだ。

「――よかった」

呟く声が震えて、乃木は唇を噛み締める。

こうして集落の入り口が見える場所に立っていると、祖母のもとに預けられていた七歳から十二歳のころのことが自然と甦ってくる。

六歳のときにアイルランドの血を引く父が闘病《とうびょう》の末、癌《がん》で亡くなってから、母は精神の状態を崩した。いや、繊細で過敏で、写真家として独特の観察眼のある人だったから、愛する夫が刻一刻と弱っていく姿を見ている段階で、本当はもう限界を迎えていたのだろう。……母がその細い腕に自分で注射をするのを、幾度か目にしたことがあった。

母は息子を、この地にひとりで住む実母に託《たく》した。

当時すでに限界集落に近い状態で、遠地の小学校に在籍はしていたものの通うことなく、祖母に最低限の勉強を教えてもらっていた。それ以外の時間は、祖母の農作業の手伝いをしたり、母の撮った写真を眺めたり、絵を描いたりして過ごした。祖母はよく絵を褒めてくれた。

写真家である母は東京に拠点《きょてん》を置き、仕事と男と薬物に溺れることで精神のバランスをなんとか保っていたようだ。母から届く手紙に書かれる男の名前は、毎回のように変わっていった。

母がこの地を訪れるのは、二年に一度ぐらいのものだった。

『ごめんね。あんたの顔を見ると、あの人を看《み》てたころを思い出してつらくなるのよ』

とても率直な人だったから、母の言葉は、本当にそのままの意味だったのだろう。

しかしさすがにこのまま中学校にまで通わせないわけにはいかないと祖母が母に訴え、母は息子を東京の自宅に引き取ることにした。

母と暮らせるのが純粋に嬉しくて、父の代わりに自分が母を支えようと固く誓った。

……でもそれは間違いだったのだ。

亡き夫によく似た面立《おもだ》ちと眸の色をした息子を見るたびに、母はつらそうに顔を歪めた。

そうして次第に家に帰ってこなくなり、ついに永遠に帰ってこなくなった。撮影に行った地方で、電車に飛びこんだのだ。

祖母はこの一年ほど前に他界していたため、乃木は天涯孤独になった。

母は当時の恋人に、息子の未成年後見人になるよう依頼し、成人するまでの遺産の管理を任せる、という遺書を残していた。その最後の恋人が弁護士だったのはきっと偶然でなく、息子を託せる相手を選んだのに違いなかった。

父の代わりに支えるどころか、自分が母を死に追いやってしまったのだ。自分が母と暮らすことを選ばなければ、母はまだ生きていたのではないか。

……初めてここに置いていかれた七歳のとき、こんなふうに集落の入り口が見えるところに立って、母が運転する車を見送った。やっぱり置いていけないと、戻ってきてくれるのを期待した。毎日、雨の日もここに立って待ったけれども、母親が戻ってくることはなかった。

「これでいい」

自分といないことによって、佳槻は危ういながらも生きつづけるだろう。

「これで、いいんだ」

言い聞かせるのに、その場から動くことができなかった。

＊

朝は晴れていたのに、いまはもう空に雲が立ちこめてあたりが暗い。車のヘッドライトをつけて山道を用心深く進んでいく。

集落の入り口に車を停めて、ふと前方を見ると、ぼうぼうと生い茂る雑草のなかに乃木が立っているのが見えた。

佳槻は驚いて車を降りた。

薄暗いなかを風が吹き、アザミの花たちが揃って首を振る。

乃木の姿がひどく侘《わび》しくて、この廃集落とともにいまにも滅びようとしているように見えて、胸が激しくざわついた。近づく足取りはいつしか駆け寄るものになり、佳槻は乃木の左右の腕をぐっと掴む。

乃木の顔は置いていかれた子供のように頼りない。

その癖《くせ》、口では裏腹なことを言ってきた。

「どうして戻ってきた。帰れと言ったはずだ」

「帰るわけがないでしょう」

乃木をまっすぐ見上げる。

「乃木先生は、私を生かそうとしてくれました。だから今度は、私が乃木先生を生かします」

彼が口移しでパンを食べさせてくれたことを思い出していた。あの時、乃木が自分を生かそうとしてくれているのを感じた。

それと同じように、今度は自分が乃木を生かすのだ。

昨夜の告白を受け止めて、自然と出てきた答えだった。だから乃木が寝ているうちに車で集落を出て、食料や生活必需品《ひつじゅひん》などを大量に買いこんできたのだ。

乃木が佳槻の手を振り払う。

「俺はもう、繰り返す気はないっ」

逃げようとする男に、佳槻は摑みかかった。

「繰り返しません」

自分でも驚くぐらい、芯のある強い声音だった。

「一緒に繰り返しから、抜け出すんです」

「失敗したらどうする？　失敗したらお前も……」

「失敗したときは、私と一緒に死んでください」

考えるより先に言葉が出た。本心だったからだ。

前向きな約束は絵空事のようで現実感がない。安らかな救いを——それが世間からは破滅的なものであったとしても——約束することのほうが、よほど前に進む力となる。

ただそれは佳槻の想いであり、乃木は違うように感じるのかもしれない。

どんな答えでも受け止めようと懸命に見詰める。

薄曇りの空の下、乃木がこれまで見たことのない、いまにも砕けそうな表情を浮かべた。

乃木はまだ気持ちが定まらないのだろう。

考えこむ表情で、炉端で日本酒を升に注いで飲みつづけている。

佳槻は買いこんできたものをひとりで車から土間へと運んで整理すると、町で買ってきた藍色の作務衣に着替えた。動きやすいというのもあるが、なによりも乃木と同じようにしたかったのだ。

それからサンダルを履《は》いて、土地勘をつけておくために集落を見てまわった。どの家の茅葺《かやぶ》き屋根にも雑草が茂り、まるで自然の一部であるかのようだ。

棚田も雑草に埋め尽くされ、人の手がはいった過去を塗り潰していた。

崖を下ると渓流《けいりゅう》があり、朽ち落ちた木橋の残骸があった。

ここで乃木自身も朽ちようとしていたのかと思うと居ても立ってもいられなくなり、佳槻は乃木のところへと全力で駆け戻った。

夕食には買ってきたパンを出したが、乃木は相変わらず酒ばかり飲んで食べようとしない。

「これだけでも食べてください」

食パンを差し出すものの、受け取ってさえくれない。

あまりの頑なさに腹立ちと心配が嵩んでいき――佳槻は食パンを千切って口にすると、炉端を回って乃木のところに行った。彼の横で膝をつき、升を口に運ぼうとする乃木の顎を摑んだ。

その薄い下唇に親指をかけてめくる。

そうして唇を深く重ねて、咀嚼したものを乃木の口へと舌で押しこんだ。取り落とされた升が板床にゴトリと落ちる音がする。

乃木が舌で押し返してきて抗ったが、引く気はなかった。

ついには乃木が喉を蠢《うごめ》かして、含まされたものを嚥下《えんげ》する。息を乱しながら佳槻は唇を離すと、またパンを千切って口に含もうとしたが、食パンを取り上げられた。

乃木がパンに齧《かじ》りつくのを佳槻は見る。

食べ終わるのを待って次の一枚を差し出すと、それも食べてくれた。

――今度は、私が乃木先生を生かす。

そう決意すると、不思議と自分のなかに強い芯が一本通ったように感じられた。


ゆうべも乃木は深酒をして、起きてきたのは昼過ぎだった。そうしてまたぞろ酒を口にしていたのだが、水道も電気もすでに通っていないなかで家事に手間取る佳槻を見かねて、裏庭にある井戸のポンプの使い方や、囲炉裏での煮炊《にた》きの仕方を教えてくれた。

土間の奥に積まれた米袋や小麦粉の大袋を目にした乃木は呆れたように呟いた。

「ずいぶんと買いこんだな。これなら冬ごもりができる」

冬ごもりという言葉に、世界から隔絶《かくぜつ》される安堵感を佳槻は覚える。

これまでの、子供のころからの日々が遠退《とおの》いていく。

母からの重すぎる期待も、仕事を餌《えさ》にして自分に伸ばされた男たちの手も、いまここにいる自分には関係のないもののように思われてくる。

同時に、式見槐《えんじゅ》という自分にとっての光に背を向けたことに、胸が痛んだ。式見は気まぐれに手を差し出してくれただけだったのだろうが、それに縋り、彼を想う日々を送ることで救われてきた。式見への信仰ともいうべき気持ちが強すぎて、彼の想い人を消し去ろうとまでした。

そんな依存的で醜い自分もまた、少し薄らいでいるようだった。

夕方になると乃木が焚《た》いてくれた薪風呂《まきぶろ》を使い、それから夕食作りに取りかかった。

囲炉裏のなかに三本脚の五徳《ごとく》を置き、そのうえに釜《かま》を置いて米を炊いた。乃木に教えられたとおりにやったものの火加減が難しくて焦《こ》げが多くできてしまった。

乃木は自在鉤に鍋《なべ》を吊るして、佳槻が買ってきた具材を板のうえで切って投入し、鍋料理を作ってくれた。

アトリエで彼が料理をしているところを見たことがなかったから意外に思う。食事を終えて、囲炉裏の角を挟んだところに座っている乃木に告げた。

「とても美味しかったです。乃木先生、料理をできたんですね」

「祖母の手伝い程度だ」

そう返してから、乃木が苦い顔をした。

「その呼び方はやめろ」

「呼び方って……乃木先生、ですか？」

「ここにいるのは、絵描きの俺じゃない」

自分がそうであるように、乃木もまた外界のしがらみから遠ざかっているのだろう。

「わかりました。乃木さん、でいいですか」

乃木が視線だけをこちらに向けた。

「映爾《えいじ》だ」

「――」

さすがに下の名前で呼ぶのは躊躇《ためら》われたが、乃木がそれを望んでいるのならば応えたい。

「え…ぃ」

口籠ってしまってから、小声で言う。

「映爾、さん」

囲炉裏の熱とは違う熱さがこみ上げてきて、佳槻は頰に掌を押しつけた。顔に反射する炉の火が火照りを隠してくれることを願っていると、手首を摑まれて顔から外させられる。

覗きこまれて反対側に顔をそむけたけれども、耳や首筋も紅くなってしまっているのが自分でもわかった。

「もう一度呼んでくれ」

横目で見ると、乃木の顔もまた炉の炎のせいにできないほど染まっていた。

薄灰色の眸が期待に煌めいているのが子供みたいで。

「――映爾さん」

呼びかけるだけで胸のあたりが甘苦しくなる。

そして乃木も、少し苦しそうに眉をひそめた。

乃木に握られている手首の脈拍の激しさがいたたまれなくて手を引っこめ、佳槻は慌ただしく立ち上がった。

「昨日、布団を買ってきたんです。買い出しが多くてひと組しか車に載せられなかったんですけど。乃木せ……え、映爾さんが、使ってください。これまでもここの床で寝ていたんですよね？」

「それなら屋根裏に運ぼう」

そう言いながら乃木も立ち上がる。

「屋根裏って、あの土間の奥の階段のうえですか？」

「ああ、そうだ」

ふたりで布団一式を暗い屋根裏へと運び上げて、乃木が行燈《あんどん》に火をともした。揺らぐ蠟燭《ろうそく》の光に照らされた空間に、佳槻は目を瞠《みは》る。

天井は茅葺き屋根のかたちの勾配《こうばい》で、樹木をそのまま使った太い梁がいくつも渡してある。それは乃木のアトリエの天井に似ていたが、年季がはいっているぶんだけどっしりとして壮観だ。

二十畳ほどもあるだろうか。そこは物置兼部屋といった感じで、簞笥《たんす》や長持《ながもち》が奥の壁際に並べられていて、手前には机、椅子、本棚などが置かれていた。

「ここが俺の部屋だったんだ。……母も子供のころ、ここを使っていたそうだ」

「隠れ家《が》みたいですね」

「ああ。ここにいると安心できた」

自分には物心ついたころから安心できる場所がなかった。たぶんそれを初めて与えてくれたのが式見だったのだ。彼のお陰で母の夢の代行人であることをやめられた。

食後の片付けと洗顔をすませてから、また囲炉裏端に戻って乃木と日本酒を飲んだ。乃木の備蓄品は、食料は尽きかけていたのに日本酒の瓶だけは大量にあったのだ。

もし自分がここに来なかったら、乃木はどうなっていたのか。考えるだけで背筋が冷えた。

まだ十月だが、山間部の夜は寒い。酒で身体が温まったころ、佳槻は乃木に屋根裏の布団を使うように促した。もうひと組の布団を買いに行くまではひとりで囲炉裏端で眠るつもりだったのだが、乃木がそれなら自分もここで寝ると聞かないので、仕方なく一緒に布団にはいることにした。

……これまで乃木と寝たときはかならずと言っていいほど性的なことをしていたせいで身体が条件反射で反応してしまったけれども、乃木はこちらに背を向けて横になり、触れてくることはなかった。

佳槻もまた乃木に背を向け、胸のなかで呼びかけてみる。

——映爾さん。

すると、まるで全力疾走でもしたかのように心臓が激しく打った。

布団越しにも伝わってしまいそうで、佳槻は胸を隠すように掌できつく押さえた。

11

ここでの生活も一ヶ月近くになろうとしている。

これから加速度的に寒さが増すため、冬ごもりのための燃料が必要になるということで、佳《か》槻《ずき》は乃木《のぎ》とともに日々、集落の廃屋を巡って練炭などを回収し、倒木を割って薪《たきぎ》にしたり山にいくらでも落ちている小枝を拾って歩いたりした。

川ではイワナ釣りをし、山ではアケビなどの木の実を採取する。

生活用水は裏庭の井戸から汲み、洗濯は川で手洗い、掃除には箒《ほうき》や雑巾《ぞうきん》を使う。

佳槻にとっては初めての体験だらけで、なにもかもが新鮮だった。

毎日やらなければならないことと覚えなければならないことがありながらも、時間の流れはゆるやかだ。

もう何ヶ月もここに滞在しているように感じられていた。

「子供の時間がゆっくり流れるって、こういう感じなのかもしれませんね」

囲炉裏端で乃木が淹れてくれた茶を啜《すす》りながらしみじみと言うと、乃木が同意してくれた。

「俺も子供のころみたいな時間の流れだと思っていた」

感覚を共有できていることが、ただ純粋に嬉しくて楽しい。

――これが、自分の感情なんだ……。

純度の高い感情とは、川のせせらぎのように澄んでいて自然に流れるものなのだ。それに心を浸していると、自分という存在まで澄んだ煌めきに溶けていくかのようで。

「このまま、ずっとこうしていたいです」

慌ただしくて雑音だらけの外界に戻ればきっと、この混じり気のない感情は濁ってしまうに違いない。

「ああ。ここにいよう」

乃木も同じ気持ちでいてくれることに満たされて、佳槻は涙ぐみながら微笑む。

布団をもうひと組買いに行こうと思いながらも、この日々に雑音を入れたくなくて、結局ずっと乃木と同じ布団で眠っていた。

けれども口移しで乃木にパンを食べさせて以来、唇すら重ねていない。

まるで一から関係を積みなおしているみたいで、ふと目が合ったときに慌てて逸らしてしまったり、手が触れるだけで身体がビクッと反応してしまったりする。乃木のほうも同じように反応するから、ふたりして少年のように照れてしまう。

……式見《しきみ》のことを忘れたわけではない。

けれども子供のころから歪んだ経験を重ねてきた佳槻にとって、いまの乃木との関係は、初めての恋とはこういうものなのかもしれないと思わされるものだった。

その日、夕食を終えてから乃木に誘われて外に出た。さすがに外は寒く、作務衣《さむえ》のうえにそれぞれもってきていたコートを羽織った。

乃木が手にする携帯行燈の明かりを頼りに、長い石階段をのぼっていく。階段が割れて崩れているところに行き当たると、乃木が手を差し出してくれた。その手をいったん握ったら、なんだかもう手を離したくなくなってしまった。乃木のほうからも手を離すことはなかった。

互いの掌から鼓動を感じながらのぼりつづけていくと、石鳥居が現れた。それをくぐって神社の境内《けいだい》にはいる。朽ちて傾いた社は木々に呑まれるようにしてひっそりと建っていた。

生い茂る雑草のなかに大きな岩があった。

「このうえが俺の特等席だったんだ」

岩の近くに注連縄《しめなわ》の残骸が落ちているのを佳槻は見る。

「これは御神体では……」

「ただの岩だ」

乃木が口角をわずかに下げる。

「七歳から三年間、雨の日も雪の日も毎日手を合わせたのに、母さんに迎えに来てほしいって俺の願いを聞いてくれなかったんだからな」

そう言うと、乃木は岩のへこみに手や足をかけて、すいすいと登りだした。佳槻もそれに倣《なら》って岩を登り、乃木の真似をしててっぺんの平らなところに仰向けになった。

視界いっぱいに夜空が広がる。

「凄い……」

宇宙をどこまでも見通すことができそうな星空だった。

意識がそこに吸い上げられていく。そうして果てしない高みから、山間の集落の山のうえにある神社の岩に、乃木と並んで横たわる自分の姿を見下ろす。存在しないも同然の、かすかな存在だ。

ふいに右手を乃木に握られた。

「願いも苦しみも、この身体のなかに閉じこめられてる。どうにもならないことに、はち切れそうになる」

少年の乃木はひとりここに横たわって、そんなことを考えていたのだろう。

その少年の想いが、自分のなかに流れこみ、共鳴する。

目尻からこめかみへと、涙が細く流れた。

「それから解放されたがる人たちを俺は責められない。……でも、俺の傍にいてほしかった」

乃木も音もなく涙を流しているのかもしれない。

宇宙《そら》を通して、自分の感覚が乃木のものとなり、乃木の感覚が自分のものになっているのを感じる。

孤独でない、というのは、こういうことなのだろうか。

乃木が囁くような声で言う。

「七年前にもここで半年を過ごした。祖母もとうに亡くなって、すでに住む者は誰もいなくなっていた。昼夜もなく、ひとりでこの岩のうえに横たわった。もうそのまま餓死《がし》してもかまわないと思った。……それなのに、俺は浅ましく生きつづけた。どうしても最後に絵を描きたくなって東京に戻ったんだ。そして、あの樹の絵を描いた」

繋いでいる手を、痺れるほど握られる。

「自分が生きることを許可するために、二度と大切な相手は作らず、ただ仕事と割り切って絵を描くことにした」

それまでの自分自身を塗り潰すために、あの痛いほど鮮やかな色彩が必要だったのだろう。

「……佳槻、すまない」

どうして謝るのかと、空から乃木へと視線を向けると、こちらを見ている湿った銀灰色の眸と目が合った。

「お前を大切に思って、すまない」

「――」

胸が締めつけられて、息が震える。

佳槻は肘《ひじ》をついて身体を少し起こすと、乃木へと被さった。

唇を乃木の唇に押しつける。

ふたりぶんの震えが混ざって、境界線が消え失せた。


手を繋いで、神社と地上を繋ぐ石階段を下りながら乃木が教えてくれる。

「夏だったら怖いぐらい天の川がよく見えたんだが」

それはさぞかし壮大な眺めなのだろう。

「次の夏、ここで一緒に見ましょう」

このままここで冬を越えて春も越えて、夏を迎えるのだ。

乃木がこちらを振り返って、微笑んでくれる。

「ああ、そうしよう」

家に戻ってから風呂で身体を温め、屋根裏に上がった。火鉢《ひばち》のじんわりとしたぬくもりを感じながら布団に横になる。しばらくすると乃木も上がってきて隣に横になった。

一緒に寝ることに慣れてきたと思ったのだが、星空の下で覚えた高揚感がいまだに冷めない。

それどころか、気持ちに引きずられて身体までだるいような熱を帯びてしまっていた。

乃木に背を向け、身体を丸めて鎮《しず》めようとしていると、背中を包みこむかたちで乃木が身を寄せてきた。そのまま抱き締められる。

一から積みなおしてきた関係が、いまどのぐらいなのか、まともな交際をしたことがないからよくわからない。

ただ温めようとしてくれているのかもしれないと自分に言い聞かせるのに、心臓がどんどん動きを強くしていく。抱き締めている乃木には、もう間違いなく伝わってしまっているに違いなかった。

恥ずかしくてさらに身をこごめると、乃木がぴったりと身体を密着させてきた。

「――」

臀部に硬いものが当たって、思わずビクッと身体が跳ねる。

耳に熱っぽい吐息がかかる。

「佳槻……いいか？」

乃木もまた先に進んでいいのか確信がもてずに躊躇《ためら》っているのが感じられて、胸に甘い痺れが拡がる。

頷くと、そっと肩を摑まれて仰向けにされた。

乃木が目を細めて覗きこんでくる。そのまま唇が重なる。それだけで蕩けるような感覚がじんわりと身体中に波紋を描いて拡がっていく。

唇をついばまれ、ついばみ返して、佳槻は乃木を下から抱き締める。

お互いの心臓がドクドクしているのを布越しに感じる。それをもっとじかに感じたい。

「映爾《えいじ》さん」

唇の端を吸ってくる男に囁く。

「脱ぎたい、です。映爾さんも……脱いでくれますか？」

頼みを、乃木は受け入れてくれた。

ふたりとも裸になってから布団にもぐる。改めて素肌を密着させると、それだけで眩暈がするほどの高揚感を覚えた。硬くなって濡れている性器が重なり、どちらからともなく腰をくねらせる。

「ん…」

もどかしい快楽に耐えがたくなっていると、乃木の手が下腹部にもぐりこんできた。その長い手指が、二本のペニスをひとまとめにする。

佳槻もそこに手を伸ばし、ふたつの亀頭を撫でた。ヒクつきながら乃木のものが大量に先走りを漏らすのが……愛《いと》おしい。

愛おしいという感情がこんなふうに止め処なくこみ上げてくるのは、初めてのことだった。

これは対価を得るための行為でもなければ、過去や苦しみから逃げるための行為でもないのだ。

ただ純粋に相手を全身で感じたくて仕方ない。

乃木の唇が絶えず肌のうえを這いまわる。居ても立ってもいられないようなその動きに、彼もこの行為に夢中になってくれているのがわかる。

ジンジンとした痺れが身体中に溜まって、佳槻の腿は自然と開く。脚の狭間の奥が疼痛《とうつう》に引き攣れていた。

乃木の手が下腹部からそこへと、吸い寄せられるように流れた。後孔の襞をなぞられる。

「閉じきっているな」

囁かれると、いっそうきつく閉じてしまう。

「すみません……なんか、変で」

さんざん爛れた姿を見せてきた身で、いまさら不慣れであるかのように手こずらせるのは申し訳ない。

「あの——自分で、ほぐしますから、待っていてください」

小声でそう伝えて脚のあいだに手を入れようとすると、その手首を乃木に摑まれた。

優しいまなざしで乃木が見詰めてくる。

「可愛いな」

ひとり言めいた呟きに、身体中がドクンとして顔がさらに火照る。

乃木が喉で笑ってから頬にキスしてきた。そして佳槻の脚のあいだに座るかたちで上体を起こすと、自身の中指を咥えて舐め濡らした。その指を会陰部に這わせながら、佳槻のペニスへと舌を伸ばす。

「ぁ…あぁ――」

自分でも驚くほど過敏になっている身体が、指と舌の動きにビクビクと跳ねる。布団はすでに足元にわだかまっていて肌が剝き出しになっているのに、冷たいはずの夜気が心地よく感じられる。頰はもう罅割れそうなほどに熱い。

口淫に意識を奪われているあいだに、体内に指を差しこまれた。弱いところを知り尽くしている指に懐柔《かいじゅう》されるまま指の数を増やされ、粘膜越しに性器の底を捏《こ》ねられる。

シーツを握り締めて懸命にこらえるけれども、少しも我慢できなかった。

「う、く……、っ…あっ」

乃木の口のなかに射精しながら、わななく粘膜で指を締めつける。

顔を上げた乃木が口の狭間に白い粘液を付着させたまま喉を蠢《うごめ》かせる。嚥《えん》下《げ》する彼の下腹部で、長々としたものが反り返っていた。大きく張った先端からは透明な蜜が糸を縒《よ》りながら滴っている。

もう限界に近いのだろう。

佳槻は両腿の内側に手を這わせて、押し開いた。

「ここに、映爾さんをください」

乃木が身を震わせたかと思うと、圧しかかってきた。

みずからのものを握り、さっきまで指を含んでいたところに宛がう。

挿入しやすいように、佳槻はできるだけ腿を外側に倒して腰を丸めた。

ぐうっと襞を拡げられていく。

「――ふ……、ぁ」

果てたばかりで痙攣が残る粘膜に乃木の性器を埋められて、佳槻はカタカタと身を震わせる。

長すぎる器官を途中まで挿《い》れると、乃木が甘い吐息をついて身を伏せてきた。唇をきつく吸われる。

「気持ちよくて、たまらない」

率直すぎる言葉に、身体に籠もっていた力が抜ける。

乃木の癖のある髪に指を絡めて、佳槻は微笑む。

「可愛いですね」

すると体内の陰茎が、嬉しそうに大きく身をくねらせた。思わず笑ってしまうと、今度は叱るようなキスをされた。

唇で繋がったまま、乃木が腰をゆるやかに遣いだす。

さざ波に揺られているような――それとも、風に揺れる木漏れ日を浴びているかのようで。

深い場所をトン…トン…と叩かれていく。

擦られる体内が甘い痺れにわななきだす。

「映爾さん――映爾、さん」

触れ合ったままの唇でねだるように呼びかける。

「……ああ、俺も」

濡れ光る眸が銀灰色に見えて。

乃木がぶるりと身を震わせながら全体重をかけてくるのを受け止めて、佳槻もまた甘い痺れに全身を引き攣らせる。

一緒に岩のうえで星空を見たときと同じ、空に吸い上げられるような感覚だ。

自分がとろりと蕩《とろ》けて、やはりとろりと蕩けた乃木と混ざり合った。


目が覚めると、窓から朝の光が射しこんでいた。

隣に乃木の姿がない。

昨夜のただ求めあう行為が思い出されて無性に照れくさい気持ちになりながら、佳槻は起き上がって布団を畳んだ。

そうして階下に行く。早朝の空気が囲炉裏の火でほんのり温められている。吸い寄せられるように炉端に座って囲炉裏のなかへと視線を落とした佳槻は、そこに敷かれた灰になにかが描かれていることに気づいて、それをじっと見詰めた。

火箸で描かれたものらしい。

それは、幸せそうに目を瞑《つぶ》る人の顔だった。

——……私の寝顔だ。

ふいに涙がこみ上げてきた。

自分がこんな表情をできるのだと、知らなかった。

この雑音もよけいな思惑《おもわく》もない場所で、乃木との日々を重ねるうちに、自分は変わることができたのだ。

俯く顔から落ちた涙の粒が、灰床にじんわりと染みこんだ。

12

奥の間で墨《すみ》を磨《す》る乃木《のぎ》に、佳槻《かずき》は茶を淹れて運んでいった。畳《たたみ》を外してある板床には墨で絵を描かれた紙が散らばっている。

半月前、灰床に残されていた絵を見た佳槻は集落の廃屋《はいおく》を巡って筆記用具を拾い集め、乃木がいつでも絵も描けるように調えた。

初めのうち乃木はそれらを見て見ぬふりをしていたが、やはり彼のなかにも描くことに対する執着が、くすぶる熾火《おきび》のようにあったのだろう。

ある日、アザミの花が一枚の紙に薄墨で描かれていた。そしてそれを皮切りに、自然に還ろうとしている集落の絵を描きはじめたのだった。

乃木の傍に座って絵を見回しながら佳槻は呟いた。

「お母さんの写真みたいですね」

乃木が墨を磨る手をぴたりと止めた。

彼が抜け出せずにいるシナリオの雛形《ひながた》である母親のことに触れるべきではなかったかと思ったが。

「どこが似てる？」

問われて、いま自分が感じていることを率直に言葉にしてみる。

「モノクロなのに、色を感じるところが、です。色そのものを見ているときよりも、色のイメージが広がっていくんです」

乃木が、以前の輪郭を取り戻した頬を蠢かせた。

「……俺の原点は、母の写真だ。無彩色にわずかな色だけを載せていた」

あのガレージの奥の部屋に収められていた、銀灰色の作風のことに違いない。そしていま、水墨画という手法でそこに戻っているのだ。

部屋の床を埋めんばかりの紙を改めて見回し、佳槻は乃木と向かい合うかたちで座りなおした。正座した腿に拳を乗せる。

「映爾さん、東京に戻りましょう」

乃木が訝《いぶか》しむ表情を浮かべる。

「ここの生活が嫌になったのか？」

「違います。ふたりでいつまでもここにいたいと願ってしまって——それで、いままで言えませんでした」

佳槻は唇を湿して、薄灰色の眸を見据えた。

「映爾さんは、絵を描きつづけなければいけない人です。灰床に残された絵を見たとき、涙が出ました。あの気持ちは、私ひとりが独占していいものではありません」

乃木の膝を両手で摑み、懸命に伝える。

「才能は神様からの借りものだという考え方があります。それならば、映爾さんのお母さんがそうしたように、映爾さんもまたその才能をかたちにすることで世界に還してほしいのです」

乃木の唇が大きくわななき、口角が厳しく下げられた。

「……それが苦しいことなら、私がいくらでも支えますから」

懊悩《おうのう》する長い沈黙ののち、佳槻の手に乃木の手が被せられた。彼の掌がドクドクしているのが伝わってくる。

そして絞り出すような声で答えてくれた。

「――俺は、絵を描きたい」

佳槻は鼻を啜り、強く頷いた。

「はい」

「描きたくて、仕方ない」

「はい――、っ」

乃木の両腕が背中に回され、しがみつくように抱き締めてきた。

東京に帰ることが決まり、そのための片付けにふたりして取りかかった。

世話になったこの家屋への礼を籠めて、佳槻は床や柱を丹念に雑巾がけした。炭火で燻《いぶ》されてきた木材は艶やかに黒い。改めて、その歳月と、この家屋が包みこんできた暮らしへと思いを馳《は》せた。

いよいよ明日帰るという日の夜半、強い雨が降りはじめた。

朝になってシャツとスラックスに着替えたものの、雨は視界を奪うほど激しく、風も吹き荒れていた。この天候のなか崖沿いの山道を車で通るのは危険すぎる。

雨戸の隙間から外の様子を窺いながら乃木が言う。

「帰るのは、この雨がやんでからにしよう」

午後になると古民家を吹き飛ばすのではないかと思うほどの暴風雨となった。ここは電波も届かないため、気象情報も確かめられない。天候がどうなっていくかわからないというだけで、不安がどこまでも増幅《ぞうふく》していく。

過敏になっているのか、項がずっとピリピリしていた。

十一月にはいってただでさえ気温が下がっているうえに、家の隙間から高い音をたてながら風がはいりこんでくる。

囲炉裏の火をいくら強くしても背中のほうが寒い。コートを羽織っても足りずに身震いしていると、乃木が二階から掛け布団を運んできた。そして佳槻の隣に座り、布団をふたりの肩にかける。

そうすると正面からの熱が布団のなかに籠もって、じんわりと暖まってくる。

「炬燵《こたつ》みたいですね」

「子供のころ、ひとりでよくこうしてた」

言いながら、乃木が布団の下で肩を抱いてくれる。

いまや地震でも起こっているかのように古民家は風に揺さぶられていた。あちこちでガタガタミシミシと音がしている。

船酔い状態で朦朧《もうろう》としていた佳槻は、乃木の声でハッと我に返った。

「佳槻、逃げるぞ！」

ゴゴゴ……という地鳴りがしていた。

なにかただならぬことが起ころうとしているのだけはわかって、乃木に二の腕を引っ張られるまま立ち上がり、土間へと向かったが、身体が跳ねるほどのドーンという衝撃に思わず立ちすくむ。

そんな佳槻をなかば引きずるようにして、乃木は土間へと下りた。そのまま玄関から外に出ようとしたとき、ふたたび凄《すさ》まじい音と震動が起こった。

天井の木材が弾けるように裂けて、割れ散った。

「っ、危ない！」

乃木の手に背中を突き飛ばされて、佳槻の身体は玄関の外にゴロゴロと転がった。

地面に倒れこんだまま慌てて家のほうを振り返る。

背後の崖が崩れ、家を押し潰していた。

心臓が殴られたように跳ねる。

「映爾……さん？」

土砂《どしゃ》降りの雨のなか、懸命にあたりを見回すが乃木の姿がない。

古民家は土砂に潰されて玄関も崩落している。

――……まさか。

「嘘、だ……映爾さん――映爾さんっ」

掠れ声で怒鳴りながら玄関のところに駆け寄って這いつくばり、膝ぐらいの高さになった鴨《かも》居《い》からなかを覗きこむ。

真っ暗でなにも見えない。

もう考える間もなく、鴨居の隙間からなかへと這いこんだ。手探りで進むうちに何度か掌に鋭いものが当たって痛みを覚えたが、そんなことはどうでもよかった。

ふいに指先に、木や石とは違う感触のものが触れた。慌ただしくそれに手指を這わせる。

人の手だ。

「映爾さん、映爾さん！」

返事はない。

最悪の予想を退けて、佳槻は乃木の身体を探った。運よく挟まれている様子はない。

這いつくばったままの姿勢で乃木を引きずるものの、意識のない身体を運ぶのは困難を極めた。真っ暗ななか、少しも進めている気がしない。しかも、囲炉裏から出火したらしく煙の匂いがしはじめる。焦るなか、すぐ傍で家がさらに崩れる音と衝撃が起こった。

歯を食いしばり、すべての気力と体力を振り絞って乃木を運びつづける。

ふいに雨粒が手に当たった。玄関のところに辿り着いたのだ。

はいったときよりもさらに低くなっている鴨居の下から這い出て、乃木を引っ張り出す。

息を切らしながら、乃木の身体を仰向けにして胸に掌を押し当てる。

鼓動があることに安堵したのも束の間、彼の左こめかみが血で染まっているのに気づく。しかも右腿の側面に割れた木片がざっくりと突き刺さっていた。下手に抜けば出血が酷くなるに違いない。

自分のスラックスのベルトを外して、それで乃木の腿の付け根付近をきつく縛《しば》る。

乃木が呻き声を漏らして薄目を開けた。

「っ……う」

「大丈夫ですか、映爾さんっ」

「――ああ」

乃木が視線を巡らせ、土砂に潰された家を見て顔を歪めた。

すぐ近くで、また新たな土砂崩れが起こる音と震動が押し寄せてきた。猶予《ゆうよ》はない。

「映爾さん、ここを離れましょう」

家のすぐ脇に置いてあった乃木の車はすでに土砂に埋もれていたが、手前側に駐めてある佳槻の車は無事だった。

「頭と右腿を怪我していますから気をつけてください」

そう注意を促しながら支えると、乃木がなんとか立ち上がる。

「俺は大丈夫だ。行こう」

心身ともに痛めつけられているのは乃木のほうなのに、落ち着いた強い声で言ってくれる。それに励《はげ》まされて、佳槻は車へと向かい、後部座席に乃木を横たわらせた。タオルでこめかみの傷を押さえる。そこの傷は浅いようで、出血も減っていた。

運転席に乗りこみ、コートのポケットからキーを出す。帰るつもりでいたから鍵一式をポケットに入れておいたのだ。泥だらけになった靴下は脱ぎ、素足でブレーキペダルを踏む。

エンジンをかけ、車内に置いていた電池切れのスマートフォンを充電器に繋ぐ。

ヘッドライトをハイビームにしても、ワイパーを最速にしても、豪雨のせいで視界が利《き》かない。ハンドルにしがみつく姿勢で必死に目を凝《こ》らしながら、車を発進させる。

飛ばされてきたらしい異物をタイヤが踏んで、車体が大きく跳ねる。

「す、すみませんっ」

脚の傷に響かなかったはずがないのに、乃木が揺らぎない声で言ってくれる。

「佳槻ならできる」

「俺は大丈夫だから気にするな。運転だけに集中しろ。佳槻ならできる」

早鐘のように打っていた心臓の動きが、鎮まっていく。

――大丈夫だ……映爾さんを絶対に東京に連れ帰る。そして絵を描いてもらうんだ。

その使命感を胸に、佳槻は全神経を集中して、風や障害物にハンドルを取られながらも山道へと車を進めた。ガードレールが崩れ落ちた崖沿いのエリアがかなりあったと記憶している。車の衛星ナビが示す現在地から地形を思い起こしながら運転していく。

通常の何倍もの時間をかけて、国道まで残り数キロメートルというところまで来たときだった。

佳槻はグッとブレーキを踏んで車を停めると、運転席から飛び出した。

「こんな……」

ヘッドライトに照らし出された道路は、倒木と土砂で埋まっていた。

混乱したままふらふらと堆積《たいせき》した土砂に近づく。せめて自分だけでもここを乗り越えて、助けを呼びに行かなければならない。その思いに駆られて倒木に手をかけ、土砂を踏む。ぬかるんだそれに、靴を履いていない足がずるっと滑《すべ》る。

横は崖でガードレールも埋まっている。滑落《かつらく》したらそれまでだ。

もう一度、土砂に足をかける。

「佳槻」

弱い声が背後から聞こえて、佳槻は慌てて車へと走った。後部座席のドアを開けて告げる。

「心配しないでください。少し土砂崩れがありますが、あのぐらいなら乗り越えられます。助けを呼んできます」

すると、上体をわずかに起こした乃木が囁くように言ってきた。

「ここに——傍に、いてくれ」

「ですが……」

「頼む、佳槻」

コートの袖を握って引っ張られる。その力があまりに弱くて、だからこそ佳槻は後部座席のシートに腰を下ろさざるを得なくなる。

乃木が膝に頭を載せてくる。

その頬に触れると、腿からの出血のせいなのか、ひんやりと冷たい。

心臓がゴトゴトと暴れだす。

乃木映爾を喪いたくないと、自分を構成するすべてが悲鳴を上げる。

「……ぅ…ぅ」

こらえなければならないのに涙が溢れてくる。

「っ、すみません」

乃木が重たげに腕を上げて、頬に触れてきた。その手を摑み支えて、掌に頬を押しつける。

焦点が合わない目でなんとか佳槻を捉えようとしながら、血の気のない唇を乃木が動かす。

「——俺の、命は、俺のものでは、ない。おまえのものだ」

つらそうな呼吸とともに乞われる。

「だから、お前を、くれ」

『私の命は、私のものではありません。あなたのものです。だから、あなたをください』

それは乃木に教えこまれ、幾度となく口にした言葉だった。

その言葉を佳槻に言わせることで、乃木は佳槻の命をこの世に繫ぎ止めようとしてくれていたのだと——それが、いま理解されていた。

そして乃木は、かならず生きると伝えるために、その言葉を言ってくれたのだ。

……言われる側になってみて、ようやくわかった。

これは相手に命をも差し出す愛の言葉だったのだ。

——愛して、よかったんだ。

痛いほど身体がわななき、嗚咽《おえつ》が漏れる。

「差し上げます。いくらでも、なにもかもすべて、映爾さんに」

なんの見返りも必要ない。

ただ乃木に生きつづけてほしい。

その祈りで自分が染め上げられていくのを佳槻は感じていた。


スマートフォンの時計が十六時を示す。ここに足止めを食らってから、すでに三時間近くがたとうとしていた。

膝枕をしている乃木は青褪めた顔で瞼を閉じている。その顔の前に手をやって呼吸を確かめて安堵すると、佳槻はふたたびスマートフォンの画面を凝視した。

ほんの時折だが、スマホが微弱な電波を受信するのだ。けれどもいざ電話をかけようとすると切れてしまう。それでもなんとか救援を呼ぼうと電波を待ち受ける。

運転している最中ずっと神経をすり減らして歯を食いしばっていたせいか、頭がズキズキと痛んでいた。その痛みにまた歯を食いしばる。

ふいに目の裏に火箸を突っこまれたような激痛が起こって、佳槻はギュッと目を閉じた。

いまこの瞬間にも電波が届いているかもしれない。そう焦るのに、痛みで目を開けることができない。

焦燥感がどんどん膨らむなか、かすかな諦念が胸をよぎった。

——……違う。ダメだっ。

乃木の命は自分のものなのだ。

ここで諦めることなど決してできない。

指で無理やり右目の瞼を押し上げたのと同時に、手のなかでスマホが震えた。痛みで視界がぼやけているが、通話ボタンをスライドすることはできた。

耳にスマホを押し当てる。

とたんに、天使の声が聞こえた。

『瀬戸《せと》、瀬戸だね？』

自分は本当は眠ってしまっていて、これは夢なのかもしれない。

「式見《しきみ》、さん……」

『助けるよ』

プツッと通話が切れる。

目の痛みが急速にやわらいで、佳槻はスマホを見詰める。

夢なのかうつつなのか定かでないまま、胸に光が射しこむ。

そしてその光が消える前に、パトカーのサイレン音が近づいてきた。

13

「スマホのＧＰＳが反応するところまで辿り着いてくれて、本当によかった」

病院の廊下に置かれた長椅子、隣に座る式見《しきみ》槐《えんじゅ》がそう言ってフーッと息をついた。式見の向こうには貞野《さだの》弦宇《げんう》が座っている。ふたりは長野《ながの》県警に山道で身動きが取れなくなっている車があると通報をしたうえで、駆けつけてくれたのだった。

山道は土砂で通行できないため、ヘリコプターでの救助となった。

「僕の仕事中も弦宇がこまめにチェックしてくれていて、瀬戸《せと》のピンチに気づけたんだ。だいたいの居場所はわかってたしね」

「え、どういうことですか？」

意味がわからずに尋ねると、式見がいたずらっぽい笑みを浮かべた。

「瀬戸をうちに監禁したことがあったろう？　あの時、取り上げたスマホにＧＰＳ追跡アプリを入れておいたんだよ」

貞野が「犯罪行為だがな」とぼそりと言う。

「僕が瀬戸にかまいすぎるからって嫉妬はダメだよ」

「嫉妬するのは当たり前だ」

開きなおる貞野の頬に甘い音をたててキスをしてから、式見がこちらに顔を向ける。

「どうしてこんな場所に行ったんだろうと思って調べてね。乃木映爾《のぎえいじ》と関わりのある土地だとわかって納得した。事務所に退職願が届いたし、GPSが反応するところに来たこともあったから拉致《らち》ではないようだと判断したんだ。乃木映爾が瀬戸のことを真剣に考えているのは信じられたから、とりあえず様子を見ることにした」

GPSが反応したのは町に買い出しに行ったときだろう。

「……ずっと式見さんの掌のうえにいたわけですか」

なにか少し情けないような気持ちになって呟くと、式見が小首を傾げて顔を覗きこんできた。

「仕方ないよ。瀬戸は僕にとって特別な人なんだから」

その式見の襟首を、貞野が摑んで引き戻す。

「そうやってすぐ誘惑しようとするな」

式見が引き寄せられるままに背中を貞野に凭せかけて、幸せそうに微笑む。

「去る者を追う気持ちがわかるぐらいには、僕も人間らしくなったってことだよ。弦宇のお陰でね」

その言葉に、貞野が見ているほうが恥ずかしくなるぐらいの蕩《とろ》ける表情を浮かべた。

そんな式見と貞野を見ても、以前のような胸の痛みは起こらなかった。むしろ温かな気持ちすら湧いてくる。

あの隔絶された山間の集落で、自分は生まれ変わることができたのだ。

その実感を噛み締めていると、手術中の表示灯が消えた。しばらくしてから医師が出てきて、乃木の脚の手術が問題なく終わったことを教えてくれた。搬送《はんそう》された時点では出血性ショックになりかねない状態だったのだ。緊急輸血により命に別状はなくなったと手術前に伝えられていたものの、佳槻《かずき》は改めて胸を撫で下ろし、執刀医に深々と頭を下げた。

式見は明日の早朝から撮影があるため、貞野の運転するランクルに乗って東京《とうきょう》に帰っていった。去り際に式見から、退職願は保留にしてあると告げられた。

乃木は十日間の入院となり、佳槻は近くのホテルに滞在した。そのあいだに山道の土砂が取り除かれて車を回収することができ、ふたりは佳槻の運転で東京へと戻った。

松葉杖をつく乃木とともにアトリエに足を踏み入れたとき、佳槻は帰ってこられたことに涙ぐんだが、しかし乃木のほうは感慨などそっちのけでイーゼルにキャンバスをセットして油絵の道具を用意すると、椅子に座るやいなやパレットで絵の具を練りだした。

入院中にスケッチブックと鉛筆と消しゴムを所望されて差し入れしたのだが、乃木の頭のなかにはそこで描いた構図が完璧にはいっているのだろう。キャンバスのうえを流れるペインティングナイフにはわずかな迷いもない。

啞然としたものの、乃木に絵を描いてほしいと願ったのは自分自身だ。

佳槻はふたつのマグカップにコーヒーを注ぐと、乃木の隣に椅子を運んだ。

乃木がコーヒーを飲むあいだも手を止めることなく言ってきた。

「約束の絵を描く」

まじまじと乃木の横顔を見詰め、尋ねる。

「……式見さんの絵ですか？」

「ああ、そうだ」

マグカップをサイドテーブルに置きながら乃木が続ける。

「いまならどう描けばいいのかわかる」

あの最初の約束を、乃木は忘れずにいてくれたのだ。

「ありがとうございます」

大切な人の絵を、大切な人に描いてもらえる。贅沢《ぜいたく》すぎて怖いぐらいだ。

感動に浸《ひた》っていると、ふいに乃木がペインティングナイフを動かす手を止めた。

そして煌めく薄灰色の眸でこちらをじっと見詰めてきた。

「それと、佳槻にひとつ頼みたいことがある。お前の絵を描きたいんだが、どうしてもかたちにするのに足りないものがある。手伝ってくれるか？」

真剣に乞われて、佳槻は高揚感のままに頷いた。

「もちろんです。なんでも協力しますから言ってください」

＊

「遅くなりました」

その週末、佳槻は日付が変わる少し前にアトリエに現れた。

二月にはいり、今夜は雪が降りそうな寒さだ。玄関で佳槻を出迎えた乃木は、流れこんでくる夜気に右腿をさすった。

「足、痛みますか？」

佳槻が心配そうに訊いてくる。

「いや、大したことはない」

あの故郷というべき土地から佳槻とともに戻って、二ヶ月がたった。

佳槻は総括マネージャーの井上《いのうえ》と話し合い、部下のマネージャーたちが育つまでは事務所勤めを続けることになった。できればずっと傍に置いておきたかったが、乃木は過剰《かじょう》な独占欲を抑えることにした。

なによりも佳槻の気持ちを尊重したかったし、いまの佳槻ならばかならず自分のところに帰ってきてくれると信じることができた。

ただ、山之内《やまのうち》という同僚は油断ならない。

佳槻には報告していないが、今年にはいってから山之内がここを訪ねてきたのだ。

『瀬戸さんが眼鏡をかけなくなったのは、あなたの影響ですか？』

突っかかる口ぶりで訊かれて、『ああ、そうだ』と返すと、山之内は悔しそうに呟いた。

『あなたみたいな酷い嫌がらせをする男のどこがいいんだ……』

佳槻を奪い去った夜のことを根にもっているのだろう。

爽やかで健やかな青年を乃木は改めて眺め、嫌みでなく告げた。

『お前のようなタイプに大切にされたい人間はいくらでもいる。ただ、佳槻はそうではないということだ』

『瀬戸さんの気持ちを勝手に決めつけないでください。俺がかならず目を覚まさせます』

いかにも体育会系らしい、やたら前向きな言葉に辟易《へきえき》しながらも、もし佳槻の気持ちが揺らぐようなことがあってその時に山之内が横にいたら、彼に傾く可能性もゼロではないのかもしれないという考えが頭をよぎった。

『そうならないように、俺が佳槻を完璧に満たす』

『もし瀬戸さんを泣かせたら、フットサルのボールみたいにその頭を蹴り飛ばしますんで』

闘志剝き出しでそう宣言されて、乃木は苛立ちを覚えながらも悠然と言い返した。

『安心するといい。お前の出番はない』

実際のところ、佳槻との関係は完璧なまでに安定している。週に二、三度は会い、佳槻が忙しいときは乃木のほうから新宿《しんじゅく》のマンションに赴《おもむ》いて食事を作って泊まることもある。性的なことも会うたびにしている。

……世間的な尺度でいえば、問題なく順調な関係だ。

ただ、それが本質の部分から目を背《そむ》けたものであることに、乃木は気づいていた。

そして佳槻もまた、それに気づきはじめているのではないだろうか。

「覚えているか？　お前の絵を描きたいという話」

「はい。なにか手伝いが必要なのでしたよね？」

生真面目な表情を浮かべる佳槻に切り出すのは躊躇《ためら》いを覚えたが、いまの自分たちはある意味、嘘を積み重ねているような状態なのだ。それはいつか致命的な不満や違和感となって、亀裂を生むだろう。

乃木は棚から箱をもってくると、それを佳槻に差し出した。

「これを着てほしい」

佳槻は膝をつくと、箱を床に置いて開いた。

そしてなかのものを手に取り、かすかに眉をひそめて困惑の表情を浮かべた。同時に、こめかみや耳元に紅みが拡がっていく。

その反応だけでゾクゾクする。

上目遣いにこちらを見上げて佳槻が問う。

「これは……必要、なんですよね？」

「ああ、そうだ」

「シャワーを浴びてきます」

佳槻はぎこちない動きで箱をかかえて立ち上がり、バスルームを使いに行った。

自分がすでにひどく昂ぶっていることに、乃木は苦笑する。

しばらくして、サニタリールームのドアがわずかに開いた。けれども、佳槻は出てこようとしない。

もう待ってやる余裕もなく、乃木はそのドアを大きく開いた。

「――映爾《えいじ》さんは悪趣味すぎます」

慌ててこちらに背を向けた佳槻が、弱った声で抗議する。

黒いラバースーツが吸いつくように、手足の先から頭部まで全身を覆っている。すらりとした脚や小ぶりな臀部の丸みが、光沢《こうたく》によっていっそう際立つ。

唾を飲みこみながら乃木は佳槻を背後から抱き寄せた。

「よく似合ってる」

「……裸より、恥ずかしいです」

首を捻じって佳槻が見上げてくる。目と口許だけがスーツから露出している。

「それがいいんだろう」

囁きかけながら、その下腹部に手を伸ばす。

男性器そのままのかたちに立体縫製をほどこされている部位を握ると、なかのものはすでに腫《は》れていた。

佳槻が眸を濡らして身震いする。

確信する。

やはり佳槻にとっても、これは必要なことだったのだ。世間的な尺度ではどうしても満たされきれない。

ラバースーツに包まれた手指に手を絡めて、サニタリールームを出る。

丸い台のうえに座らせると、佳槻が見られるのがつらそうに身をよじった。

「描くんですか？」

「……俺のほうに描く余裕がない」

本音を教えると、佳槻が唇を震わせた。そして台のうえに正座をして、乃木の下腹部に手を伸ばしてきた。黒い手指にベルトを外されてスラックスのファスナーを下げられる。

反り返ったペニスが自力で下着を押し下げていく。

「すごい…」

呟くと、佳槻が口を丸く開いた。

黒い輪郭だけの存在になっている佳槻にペニスを深々と咥えられて、乃木はこらえきれずに喘《あえ》ぐ。

喉まで使って奉仕しながら佳槻もまた切なげに腰をくねらせる。

隠されているはずの佳槻の表情や肉体を透かし見ようとして乃木は目を眇める。想像することで脳が異様な興奮状態に陥り、気がついたときには佳槻を押し倒して身体中に手を這わせていた。

みぞおちのわななきや、筋肉の強張り、激しい鼓動を掌で感じ取る。ラバー生地越しにも乳首が尖《とが》っているのがわかる。粒を摘まむと佳槻が腰を跳ね上げた。

「いや、です」

涙声で言いながら佳槻が身体をうつ伏せにして這って逃げようとする。

その腰を両手で摑んで引き戻しながら、耳元で囁く。

「嫌ならやめる」

「——」

腰から手を離すと、佳槻が動かなくなる。

もしかすると自分が勝手に佳槻の気持ちをわかった気になっていたのかと不安になりだす。

「本当に嫌だったのなら……」

謝ろうとしたとき、佳槻がうつ伏せのまま膝をついた。

腰だけを上げた姿勢になる。そうすると、生地にひそかに開けられた穴が引っ張られて、赤みのある襞がヒクついているさまが露わになった。

　佳槻が片頬を床に押しつけながら、熟んだまなざしでこちらを見る。

「……気持ちよすぎて、つらいだけです」

　心臓を殴られたかのような衝撃だった。

　みっともなく呼吸を乱しながら、乃木は佳槻の臀部《でんぶ》を両手で鷲摑みにすると、その狭間に口を押しつけた。黒く覆われている双嚢《そうのう》や会陰部《えいんぶ》を唇で捏《こ》ねまわし、生地の穴から舌を差しこむ。

「や、っ…嫌…ぁぁ、う」

　言葉とは裏腹に、佳槻の襞《ひだ》は舌を受け入れて痙攣《けいれん》する。その痙攣が次第に強まり、ついには硬直して舌を締めつけてきた。

「あっあ……んっ、ぁぁ――」

　ビクビクと身を跳ねさせる佳槻の身体を慌ただしく仰向けにし、両腿を摑んで淫らなM字を作らせる。

「お前の奥に触りたい」

　佳槻が目を潤ませ、腫れた唇で喘ぎながら、後孔の襞を小さく開く。露わになっている三ヶ所で求めてくる。

　目眩を覚えながら、乃木は男を誘いこむ孔に張り裂けそうになっているペニスを宛がい、一気に突き入れた。

「ひぅ…っ」

甘さとつらさの入り交じった悲鳴を佳槻があげる。

「もっと奥に触っていいか？」

「触って……ください」

残りの陰茎を捻じこんでいくと、佳槻の身体がガクガクと震えた。粘膜がうねりながら締めつけてくる。その内壁をさらにこじ開けて、根元まで埋める。

「ぁ――」

「つらいか？」

馴染ませるように腰を蠢かせると、佳槻がきつく閉じていた目を開けた。

朦朧としたまなざしで見上げてくる。その腕と脚が下から絡みついてきた。

乃木の腰を回した脚でホールドして、佳槻がみずから腰を遣う。

「すご…ぃ……奥、苦し」

覗いている唇が淫蕩《いんとう》な笑みに緩む。

佳槻は生真面目な恋人だが、この佳槻もまた本当の彼なのだ。

「お前はいやらしくてどうしようもないな」

詰ると、素直に内壁がきゅうっと締まる。

力ずくで腰を振ってゴリゴリと内壁を擦ってやれば、切羽詰まったよがり声を漏らす。

全身が痛むほど甘く痺れる。

かの地にいたころも含めてこの数ヶ月、ふたりで正常な恋人の時間を一から積み上げてきた。

そして熟したいま、その正常な恋人という皮は硬化してメリメリと裂けていた。

乃木は佳槻の首元に手を伸ばす。

そこにあるファスナーの小さな金具を摘まんで、引き下げる。

紅潮しきったなまめかしい肌が露わになっていく。凝《こご》りきった乳首が覗き、臍《へそ》の窪《くぼ》みが現れる。

佳槻がみずから頭部のラバー生地を引き延ばして脱ぐ。

そうして乃木の腰に脚を絡めたままの姿勢で、身をくねらせながらスーツから腕を抜き、押し下げる。そのさまが異様に淫らで、乃木は思わず腰を激しく打ちつけた。

「ぁっ、ぁ、っ、…ぁ…ぁ、ぁ、あ――」

突き上げるたびに声をあげ、佳槻が剝かれたばかりの果実のようにしっとりと潤んで色づいた上半身を反らせて、硬直した。

その体内に止め処なく精液を叩きつけながら、乃木は脳まで震えるのを感じる。

目の前がチカチカするなか、佳槻の姿ばかりが鮮やかに存在していた。

「佳槻、佳槻……あ、ぁっ、うぅく」

――俺を完璧に満たせるのは佳槻で、佳槻を完璧に満たせるのは俺だ。

これまでの経験でこびりついてしまった、どうしようもなく歪んだ欲望をも、こうしてがっちりと噛み合わせることができる。

それは、赦《ゆる》しを与え合うことに似ているのかもしれない。

エピローグ

六本木《ろっぽんぎ》の超高層ビルのエレベーターのなか、佳槻《かずき》は腕時計を確かめる。すでに二十三時を回っていた。

今日は乃木《のぎ》の絵画展初日でレセプションパーティーに招待されていたのだが、仕事でトラブルがあって出席することができなかったのだ。山之内《やまのうち》はともかく、大野《おおの》が育つのにはもう少し時間がかかりそうだ。

式見《しきみ》と貞野《さだの》はレセプションパーティーに参加したそうで、式見から意味深なメッセージが送られてきた。

『瀬戸《せと》が彼を羽化させたんだね』

エレベーターが五十二階につき、中央のホールに向かう。美術館のある五十三階へと続くエスカレーターの左横の壁には大きな垂れ幕が下げられていた。

佳槻は立ち止まり、その垂れ幕を仰《あお》ぎ見《み》る。

今回の乃木映爾《えいじ》絵画展のキーヴィジュアルは、乃木自身のポートレートアートだった。リアルな色彩の俯きぎみな横顔で、目を半眼にしている。頭部は雪崩《なだれ》を起こしたように大きく抉れ、その抉れた部分から銀灰色の里山の風景が溢れ出ている。

茅葺《かやぶ》き屋根の家、水車、棚田、大樹、岩と神社。

それは佳槻が見た荒廃した集落ではなく、乃木が子供時代を過ごしたころの様子だった。乃木と彼の母にとっての原風景だ。

爆弾低気圧の襲来で、その多くは土砂に埋もれてしまったが……。

――映爾さんのなかでは、いつまでも存在しつづける。

全身にじんわりとした痺れを覚えながら、佳槻はエスカレーターに乗って五十三階にある美術館に向かった。

すでに閉館後で、エントランスには警備員がひとり立っていた。

「瀬戸佳槻です」

告げると、なかに通してくれた。

レセプションパーティーに参加できなかった佳槻がゆっくりと絵を観られるように、乃木が手配してくれたのだ。

最初のエリアは鮮やかな色彩の渦に押し流されそうな空間だった。

惨めで仕方なかった雨の新宿《しんじゅく》の夜、大型ビジョンを通して自分を殴りつけ、感覚を麻痺させてくれたのは、これらの絵だった。

『自分が生きることを許可するために、二度と大切な相手は作らず、ただ仕事と割り切って絵を描くことにした』

乃木はそう言っていたけれども、これらもまた乃木が寝食も忘れて塗り重ねてきた作品だと佳槻は知っている。

——このすべてが、映爾さんのなかを通って、かたちになったんだ。

受け止めるように一枚一枚を見詰めながらエリアを巡っていく。

そうして進んで行き、佳槻は空間の色目が微妙に変化したのを感じ取る。気のせいかと思って前のエリアに戻ってはいりなおしてみる。

……間違いない。

暴力的な鮮やかさが、やわらかみを帯びているのだ。

そのエリアに置かれているのは、制作過程を佳槻がじかに見たことがある絵ばかりだった。

要するに、佳槻が乃木のアトリエに頻繁《ひんぱん》に通うようになってから描かれたものだ。

ひとつずつ絵に向き合えば、それが描かれたときの自分たちのことがありありと甦ってくる。

当時の自分の酷い精神状態にも、いまは向き合うことができた。

そうして、次のエリアに行く。

視界が銀灰色に染まった。

「あ……」

そこに並べられている絵は、あのガレージの奥の間に隠されていたものだった。

ただ、大樹の絵だけはなかった。あれは壁画のようなサイズだったから、ガレージを壊さないと出すことはできないのだろう。それに乃木があの大樹の絵を作品として公開することはないように思われた。

乃木が大切に思った四人と、佳槻は改めて対面していく。

これらの絵を公開したということは、母親の死から始まって繰り返してしまったシナリオから、乃木は抜け出られたのだろう。

——新たなシナリオを、ふたりで作ろう。

佳槻もまた決意を胸に、次のエリアへと足を進める。

そして目に飛びこんできた絵に胸を震わせた。

この絵画展に出品する作品のなかで、二点だけ乃木が見せてくれなかった絵があった。そのうちのひとつがこれだ。

「『羽化』……」

そう名付けられたこの絵は、佳槻を描いたものだった。

銀灰色の茎にしがみついている黒い蛹の裂けた背から、逆しまになった青年が上半身を反らして抜け出ようとしている。その髪と肌はしっとりと潤み、横顔の頬や首筋、肩、胸元には紅みが散り拡がる。

扇情的でありながら、変化して生き抜こうとする健やかな生命の煌めきに胸を打たれる。

……この絵を描くために「協力」したとき、乃木の目に自分はこのように映っていたのだ。

佳槻は自分の頬に触れる。

絵のなかの自分と同じほど紅潮しているに違いない。

『瀬戸が彼を羽化させたんだね』

あの式見のメッセージはこの絵になぞらえたものだろう。

おそらく式見も順路を辿り、変化していく乃木に気づいたのだ。

自分は乃木に羽化させてもらい、乃木は自分との関わりによって羽化したのか……。

泣きそうになって目許を拭うと、佳槻は最近描かれた絵を一枚一枚、大切に見て歩く。銀灰色となまめかしい生身の色合いが共存する、新たな作風だ。

そして、最後のエリアに辿り着く。

そこには人の背丈ほど高さのある絵が、一枚だけ飾られていた。

佳槻は思わず息を止めた。

目から涙が零れ落ちる。

それは、こちらに背を向けている天使の絵だった。六枚の翼をもつ熾天使《してんし》だ。

ふらふらと絵の前に行き、わなないているみぞおちを両手でぐっと押さえる。

「式見さん……」

これはまさしく、自分が見てきた式見槐《えんじゅ》の姿だった。

薄く雲が流れる、紫紺と濃紺が入り交じった星空。そこに裸の後ろ姿がある。美しく通った頸椎《けいつい》から背骨。尾骶骨のところまでが描かれている。

そして、その肩甲骨を支点として、六枚の翼が拡がる。ただ、それはよく見ればただの翼ではなかった。絡み合った銀灰色の木の枝が燃えながら翼をかたち作っているのだ。

脇を開くかたち、両手を額の前で重ねているようで、翼を透かして見える肢体は十字架のようにも見える。

神聖なものに触れる高揚感と、胸を締めつけられる切なさとが、同時に湧き上がってくる。

式見槐を描いたものでありながら、それだけではない。

背後から声がした。

「お前が欲しかったのは、聖画像《イコン》だろう」

振り返ると、スリーピースにアスコットタイを締めた乃木が、ゆっくりとした足取りで近づいてくるところだった。

「だからこれはポートレートアートとは違う。式見槐を描いたものだが、お前と俺を通した天使のかたちだ」

佳槻は改めて絵に向き合う。

この夜空は、自分たちが山間の地で幾度も見上げた空だ。

この翼の枝は、自分たちが拾い集めた枝の一本一本だ。

この顔の見えない神々しい者は、自分たちのなかを通った式見槐だ。

「『天使の定理』」

横のパネルに記された題名を、佳槻は自分のなかから湧き出た言葉のように呟く。

また涙が溢れてくる。

それを拭おうとする両手を、乃木に握られた。

顔が近づいてきて、頬に温かくてやわらかい感触が流れる。涙を唇で拭われ、啜られる。

あまりにも心地よくて、身体が浮き上がっているみたいだ。

自分の背にも乃木の背にも、銀灰色の枝で組まれた一対の翼がついているかのようで。

「お前があんまり泣くと、俺の頭が危ない……」

「どういう意味ですか？」

鼻を啜りながら尋ねると、乃木が目を細めた。

「俺の前以外では泣くなってことだ。お前の泣き顔はそそるから」

「――」

清らかな高揚感に淫らな熱が入り混じる。

「そそられてください」

乞《こ》うように言いながら、佳槻は踵を上げた。

応えて、乃木が顔を伏せる。そうしながら舌を差し出してきた。

佳槻もまた舌を差し出す。

舌先が触れるだけでもう、身も心も白く燃えた。

あとがき

AFTERWORD

―沙野風結子―

こんにちは。沙野風結子《さのふゆこ》です。

「兄弟の定理」「天使の定理」と来て、この「隷属《れいぞく》の定理」となりました。

定理三部作もとい、式見槐《しきみえんじゅ》三部作。今回も式見は活躍しております。

私の萌えや悪趣味やモチーフをコトコト煮込んだ連作となり、特別な思い入れのあるものとなりました。

そして定例の裏テーマですが、もう言うまでもなくラバースーツプレイです。ぜひとも被《ひ》虐的《ぎゃくてき》な瀬戸《せと》に着させたかったので達成できてよかったです。あの流れからソレかよと突っ込んでいただくもよし。真顔で変なことをするのが、私の文字書きエネルギーです。

瀬戸と乃木《のぎ》は性癖《せいへき》が噛み合いすぎているだけに、破滅に向けて加速度的に進んでしまえるカップルですね。

でも互いを知って関係を一から積みなおしたうえで改めて性癖を合致《がっち》させたので、これからはきちんと両輪となって前進していけるのではないかと思います。

瀬戸はいつか式見のマネージャーを辞めたら、乃木のマネージメントにその才能をいかんなく発揮《はっき》することでしょう。彼は献身的で愛情深い、有能なドMですから。

あとは健《すこ》やかな山之内《やまのうち》がおかしな性癖に目覚めていないことを祈るばかりです……。

笠井《かさい》あゆみ先生、三部作を通して色香溢れまくるイラストをつけてくださってありがとうございます。今回はまた、被虐美人受けということで、一段と煽《あお》られまくっています！　いつも笑わずにはいられないラフからの嘘みたいに艶《あで》やかな完成イラストまで、フルコースで贅沢《ぜいたく》に愉《たの》しませていただいております。

担当様、今回もお世話になりました。いつも偏《かたよ》った嗜好《しこう》にも理解を示してくださり、今回ものびのびと愉《たの》しく執筆することができました。出版社様、デザイナー様、本作に関わってくださったすべての方に感謝を。

そしてこの本を手に取ってくださった皆様、本当にありがとうございます。どの部分でもいいので、愉しんでいただけるところがありますように。癒《いや》し系《けい》にはなれませんが、ちょっと現実から離脱する時間になれたら幸いです。

＋沙野風結子＋

この本を読んでのご意見、ご感想などをお寄せください。
沙野風結子先生・笠井あゆみ先生へのはげましのおたよりもお待ちしております。

〒113-0024　東京都文京区西片2-19-18　新書館
[編集部へのご意見・ご感想] ディアプラス編集部「隷属の定理」係
[先生方へのおたより] ディアプラス編集部気付　○○先生

- 初出 -
隷属の定理：書き下ろし

[れいぞくのていり]
隷属の定理

著者：沙野風結子 さの・ふゆこ

初版発行：2022年8月25日

発行所：株式会社 新書館
[編集] 〒113-0024
東京都文京区西片2-19-18　電話（03）3811-2631
[営業] 〒174-0043
東京都板橋区坂下1-22-14　電話（03）5970-3840
[URL] https://www.shinshokan.co.jp/

印刷・製本：株式会社 光邦

ISBN978-4-403-52557-5